Eugénia et le crépuscule des fées

Emmanuelle Caron

Eugénia et le crépuscule des fées

Médium
l'école des loisirs
11, rue de Sèvres, Paris 6e

Du même auteur à *l'école des loisirs*

Collection MÉDIUM

Eugénia et la bouche de la vérité

Loi n° 49.956 du 16 juillet 1949 sur les publications destinées à la jeunesse : novembre 2011
Dépôt légal : novembre 2011
Imprimé en France par CPI Bussière à Saint-Amand-Montrond (Cher)
N° d'édit. : 1. N° d'impr. : 112874/1.

ISBN 978-2-211-20731-7

Pour mon Django personnel

PROLOGUE : A BIRD IS A BIRD IS A BIRD…

Partie 1
Les Oiseaux

La petite coquille de noix glissait sur les eaux d'un lac infiniment bleu et transparent. Sur sa coque outrenoire, se dessinaient les armoiries* du pays nornien. Un voile tissé de plumes de cols-verts la recouvrait en partie, un bras menu en sortait gracieusement.

La barque avançait, paisible, sous la brise embaumée du Lac mûr. On aurait dit un berceau glissant sur la surface polie, réfléchissante, d'un miroir d'argent.

Dans le lointain, on entendait le craquement de grands arbres.

Puis la coque, suivant toujours le sens du vent, aborda le rivage tout blanc des côtes de chez Diana.

* Dauphin à merlettes cramoisies et prune ailée à gueule d'or.

L'esquif avait voyagé des jours durant. À son bord, une passagère aux boucles brunes, une cargaison fondante, fragile, endormie sous la gaze duvetée.

Au contact du sable, la coquille s'alluma comme une étincelle et se désintégra en une pluie fine, pailletée. Eugénia apparut alors, tel un poussin frais éclos, toujours recroquevillée dans un sommeil profond.

Le corps serein de la dormeuse se soulevait doucement à chacune de ses inspirations. Le sable la soutenait moelleusement. Les grands troncs verts d'une forêt de pins, dont on apercevait l'orée un peu plus loin sur la rive, se balançaient avec nonchalance.

Quand elle ouvrit les yeux, Eugénia tâta le sol chaud et soupira d'aise. Elle se sentait plus reposée que mille princesses au bois dormant. Elle se releva, s'étira longuement comme un chat et s'assit face au lac sur sa couverture de plumes. Tout semblait si pur, si profond. Le silence était incroyablement cotonneux. Elle n'avait ni faim ni soif. Elle n'avait même pas peur.

Tout à coup, Eugénia ressentit un picotement dans le dos puis, immédiatement après, un pincement douloureux sur l'épaule. Quelque chose l'avait piquée sans qu'elle le voie. Brusquement arrachée à sa contemplation, Eugénia se retourna pour savoir qui la picorait sans crier gare, au beau milieu de son réveil extatique.

*
* *

Quand elle vit les oiseaux, ses yeux s'élargirent comme des soucoupes à ressort. Il y en avait au moins cent. Des corbeaux ! Ils étaient noirs de jais, avec des becs lourds et tranchants comme des couteaux en fonte. Tous rassemblés autour d'elle, ils la regardaient en sautillant sur place à leur manière stupide d'oiseaux, sans faire aucun bruit.

Par réflexe, elle sauta sur ses jambes et se rapprocha de l'eau. Les bras en position de kata kung-fu. Au même instant, pas du tout impressionnés, les corbeaux firent chacun un petit bond vers elle. Un petit bond menaçant. Punaise à bois ! Qu'est-ce que c'était que ça ? Le plus effrayant, c'était ce silence absolu, cette absence de pépiements, ce rien qui la glaçait.

Eugénia abandonna le kung-fu et se mit à piétiner nerveusement, tortillant à mort le voile de canard dont les plumes se débandèrent aux quatre coins de la plage. Elle regardait ces volatiles muets, elle contemplait leurs têtes d'obtus. Elle ne savait pas quoi faire. L'un d'eux coassa. Eugénia sursauta en poussant un cri aigu. Les corbeaux firent de nouveau un petit bond dans sa direction. Eugénia tâcha de se ressaisir.

Pitiiipitipiti ! Faut pas s'énerver comme ça, les amis ! Gentils corbeaux, gentils…

Troisième petit bond de corbeaux. Eugénia avait les pieds dans l'eau et aurait bien pleuré en appelant sa mère. Le lac n'était pas une issue. Les berges reposaient sur une fosse à pic, vertigineuse. C'était un trou sans fond qui la noierait sans pitié. L'eau, en outre, était aussi froide que la coulée d'un glacier. Les oiseaux sautillaient toujours, en dodelinant de la tête d'un air fou. Leurs yeux noirs en boutons de culotte reflétaient, en négatif, les nuages.

Cours, Eugénia ! Cours !

On lui parlait directement dans le creux de l'oreille. Elle reconnut la méthode télépathique fée, dans le plus pur style Oliver, à n'en point douter. Eugénia reprit un peu courage. La vieille cloche à frites devait veiller au grain. Du moins il fallait l'espérer.

Cours, Eugénia ! Les corbeaux sont barjos ! Cours vers la forêt ! La forêt te protégera ! Si tu restes, ils t'auront, le sable est leur domaine ! Cours maintenant ! Avant qu'ils te chicorent la couenne !

Eugénia déglutit. Les corbeaux étaient là pour la becqueter jusqu'à ce que mort s'ensuive. Il n'y avait aucun doute possible. Elle maudit Oliver pour son franc-parler, son incapacité à faire planer la moindre incertitude sur les dangers encourus. Ça faisait beaucoup d'horreurs après tant d'enchantement.

Ses pieds bleuissaient. Elle jeta un regard sur le décor. Une plage à perte de vue sur sa droite et sur sa gauche. Tout droit, on voyait des pins verts, à cent mètres, cent vingt mètres peut-être. C'était très jouable. Mais il fallait passer à l'action. Or Eugénia se sentait totalement paralysée.

Quatrième petit bond simultané de corbeaux. Il ne fallait pas traîner ! Bientôt il n'y aurait plus d'issue. Eugénia serait coincée, lardée et relardée à coups de becs en fonte.

Cou… ! Eug… mainten… C…

La voix s'était éteinte, inexorablement, comme un oxygène qui se raréfie.

– Oliver ? Oliver ? cria Eugénia vers les nues. Tu es là ? Parle-moi encore !

Eugénia comprit qu'elle était seule à présent, et pour longtemps. Son cœur se broya encore davantage. Le froid, la peur la pénétraient, l'empêchaient d'agir, de penser.

Cinquième bond simultané de corbeaux.

Trop tard ! Eugénia avait trop attendu, trop hésité.

Elle était prise au piège, entre l'eau glacée et la marée de plumes noires et de becs acérés. Une mort atroce l'attendait !

Soudain, un coup de massue énorme retentit de l'orée de la forêt. Il y eut un bruit de tonnerre à tout casser et, dans un grand mouvement d'ailes, tous les corbeaux se dispersèrent.

Eugénia s'évanouit.

Alors une grosse main poilue la saisit par la taille. Et, la soulevant sans ménagement, l'embarqua, dans le plus pur style King Kong, au fin fond de la forêt.

Partie 2
Sous le soleil de Mike Brant

Laisse-moi t'aimer ! Laisse-moiiiiiiii t'aimer !
Laisse-moi faire avec toi
Le plus doux le plus beau voyaaaageuh ! !

Mike Brant beuglait depuis des heures, depuis des jours. La musique passait en boucle, le volume à fond. Le refrain ricochait sur les parois de la grotte, s'accrochait aux stalagmites, glissait le long des crevasses, éclaboussait les flaques d'eau croupie, noires comme de l'encre, qui jonchaient le sol des prisons du Gros Verrat. Oliver, imperturbable, se balançait, engoncée dans un dispositif de cordes et de chaînes moyenâgeux, saucissonnée et suspendue, la tête en bas, aux verrues du plafond. De loin, elle ressemblait à un cocon de chenille géant, branlant doucement au-dessus du sol. À ses côtés, disposés çà et là, quelques dizaines de malheureux subissaient le même sort qu'elle. La fée paraissait ne pas entendre la voix tonitruante et sirupeuse du barde, ne pas ressentir l'affreux inconfort de sa posture. Les yeux mi-clos, le visage calme, le corps relâché, toute sa personne respirait l'esprit du zen.

On ne pouvait pas en dire autant des autres prisonniers qui pendaient de part et d'autre de la grotte. Tout aussi saucissonnés et brimbalants, ils supportaient l'épreuve avec moins de fermeté.

Une hirondelle fait mon prrrrintemps ! !
Quand je te vois, mon ciel devient plus grrrrand ! !

C'était insupportable. Les gémissements des pauvres bougres s'élançaient en une longue plainte, inexorablement couverte par la voix virile de Mike Brant, poussée à bloc dans les enceintes verrines high-tech. Un bien triste spectacle.

La feuille qui grandit a besoin de lumièrrre ! !
Et le poisson meurt sans l'eau de la rivièrrrre ! !

Oliver, elle, était parvenue à cet état de concentration yogique qui lui permettait habituellement d'entrer en communication télépathique secrète avec ceux de son clan.

Elle voyait défiler dans son esprit, comme dans un cinéma tridim, les paysages du Lac mûr. Elle suivait mentalement le trajet de la petite coquille aux armoiries norniennes. Elle contemplait les plissements de l'eau ondoyant sur la surface du lac. Elle n'attendait qu'une chose, qu'Eugénia parvienne à bon port chez Diana. Malgré son calme olympien, gagné de haute lutte dans un contexte plus qu'hostile, Oliver craignait que son amiffe ne demeurât sans protection dans un monde aussi dangereux que le sien. Le pays nornien était loin d'être une aire de repos et, dans sa coquille, Eugénia endormie ne se doutait certainement pas des épreuves qui l'attendaient. Oliver avait conscience du coup de poker qu'elle avait tenté en abandonnant Eugénia, du risque insensé qu'elle avait pris. Jour et nuit, autant qu'elle le pouvait, elle l'accompagnait de sa pensée. Autant qu'elle le pouvait, elle restait connectée et subissait stoïquement les avanies inventées pour elle par les sbires de Robert le Verrat.

*
* *

Enfin, un jour, il se passa ce qu'elle attendait depuis si longtemps. Son cœur de fée se mit à bondir dans sa poitrine. Oliver, toujours ligotée, se tortilla comme un ver qui cherche à s'extraire d'une pomme. Dans son ciné tridim mental, la fée crut contempler la fin de ses tourments.

Eugénia venait d'accoster sur les côtes de Diana et sommeillait à même le sable tout lamé d'or. Oliver n'eut même pas le temps de se réjouir. Elle sentit immédiatement la présence des Oiseaux. Ces tabourets de cloche à frites de simoniaques d'Oiseaux. Ça commençait fort, donc. Immédiatement, la fée essaya d'enclencher la conversation télépathique, de faire résonner sa voix dans les tympans d'Eugénia et de la dégeler au plus vite. En vain. Cet abruti de Mike Brant parasitait les communications. Il fallait y parvenir, il fallait réveiller l'amiffe ! Les corbeaux étaient de purs mabouls, et leurs longs becs étaient justement aiguisés pour ce genre de chair fraîche.

Comment faire ? Elle ne pouvait pas lui jeter des cailloux ni la secouer comme un sac de palourdes !

Cours ! Cours, Eugénia ! Mais cours, cours donc !

La pauvre Oliver s'époumonait muettement.

Heureusement, les corbeaux n'étaient pas des lumières. Pas un pour attaquer la gamine dans son sommeil. Ils attendaient, sans trop savoir quoi, en sautillant comme des cloches.

Oliver continuait à hurler. Eugénia se réveilla enfin, bien béate. Elle s'installa dos aux bêtes. C'était exactement comme dans un mauvais film d'horreur où l'héroïne est la seule à ne pas se rendre compte que ça grouille de méchants qui en veulent à sa peau, et baguenaude, charmée et bucolique, dans la forêt des zombies suceurs de sang. Assise face au lac, contemplative, elle restait sourde tel un vieux pot. C'était vraiment agaçant, cette façon qu'elle avait d'ignorer le reste du monde ! Cloche à frites, elle écoutait, des fois, quand on lui parlait ?

Cours ! Mais cours !

Au moment où Eugénia comprit ce qui se passait et daigna enfin répondre à sa grande fée, un événement imprévu vint corser considérablement la situation.

Oliver, trop occupée à mugir en silence jusqu'à en devenir mauve, reçut brusquement et sans crier gare un coup de massue sur le plat du crâne, un coup à décorner un Minotaure. La fée ne s'évanouit pas tout de suite, elle lança un dernier appel, qui vint mourir dans les écoutilles d'Eugénia. Vlam, et puis plouf, dans les bras de Morphée.

Quelques instants après, un préposé tortionnaire décrochait Oliver et la déposait sans ménagement, toujours inconsciente, dans une brouette.

Direction la salle d'interrogatoire.

Chapitre 1
L'heure du cochon

Dans la salle d'interrogatoire – un cube tendu de tissu gris matelassé qui ressemblait à un studio d'enregistrement –, le nain difforme à tête de cochon faisait les cent pas et tournait inlassablement autour de la chaise où était garrottée Oliver. Cette salle, la fée la connaissait bien. Elle y passait en moyenne quatre heures par jour, sans contact télépathique possible.

La fée s'était réveillée avec un mal de bloc ultra-serré, et de fort méchante humeur. D'abord, ça faisait un *boutte* qu'elle supportait d'être suspendue au plafond à écouter des trucs pas écoutables, tout ça pour guetter Eugénia sur son rafiot. Ensuite, alors qu'elle avait presque réussi à sauver son amiffe, la gamine s'était fait cerner illico par ces guignolos de corbeaux. Enfin, au moment du dénouement, un nain l'avait assommée comme ça, pour rien. Pratiquement pour rien, disons. Les interrogatoires menaient à néant depuis le début, Oliver n'ayant pas encore prononcé un mot en trente-six heures norniennes, selon la méthode dite du prisonnier corse.

Mais là, cloche à fraises, c'en était trop. D'abord, c'était quoi, ce tortionnaire qu'on lui avait dépêché ? C'était un peu vexant sur les bords ! Elle, la grande Oliver Fitzpatrick, cheffe incontestée des services secrets norniens, archiponte de la brigade hologrammatique, crème de la crème des Renseignements télépathiques, rompue à tous les arts martiaux, maîtresse du maniement de toutes les armes féeriques à disposition (dont, excusez du peu, le fameux Ralbilbol, que tout le monde lui enviait) ; elle donc, on la laissait croupir à côté des détenus les plus minables (certains étaient des ivrognes qui se soignaient de leur séjour au bistro vampire) et, comble absolu, on lui envoyait la pire plaie que le pays verrin pouvait avoir produite ces cent dix dernières années.

On lui avait collé un cochon qui se contentait jour après jour de tourner autour de sa chaise. Même pas foutu d'utiliser ses instruments de torture ! La dernière fois qu'il avait essayé, le nain s'était poché l'œil avec un vilebrequin (Oliver avait failli rigoler).

Depuis, il tournait, et tournait encore… Il y avait de quoi s'énerver un chouia. La fée contemplait son geôlier d'un air sombre.

Tout à son affaire, l'affreux petit gnome continuait son manège. Il avait toujours l'air de consulter mentalement des fiches, d'essayer de se souvenir d'un élément important dans une enquête ardue. Ses longs cils de soie papillotaient, ses sourcils se fronçaient et se dépliaient. Ses petites cuisses dodues tricotaient. Tout à coup, inspiré, il asséna :

– Vous prétendez être Oliver. Qu'est-ce qui nous prouve que vous avez raison ?

Oliver se mit à rire nerveusement pendant cinq bonnes minutes. Puis elle se recala sur sa chaise et lança brusquement, comme pour s'adresser à une personne qui aurait été cachée derrière la cloison.

– Est-ce que quelqu'un peut m'envoyer un tortionnaire compétent ? Ça suffit comme ça, le numéro de claquettes de porcinet. Je me suis livrée. LIVRÉE ! Je veux voir le *Big Boss*. Je ne parlerai de mes affaires qu'au *Kaiser*, qu'on se le dise.

Puis, revenant à son interlocuteur, à qui elle parlait pour la première fois :

– Tu t'appelles comment ?

Le cochon sursauta, il était blême. Il avait envie de

pleurer. Il n'avait pas l'habitude qu'on lui crie dessus et se sentait ébranlé. C'était un grand sensible.

– Gar… gar…

– Gar quoi, qu'on en finisse ?

– Gargouzier.

La fée écarquilla les yeux. Elle connaissait l'organigramme par cœur.

– Tiens donc. Le frère du patron ?

En un éclair, Oliver comprit tout. Elle secoua la tête, consternée.

– Ah, tabouret ! La crème d'andouille !

Oliver parlait d'elle-même. Elle venait de comprendre le pourquoi du comment de son incarcération parmi les minables. Elle venait de comprendre d'un coup ce qui clochait depuis qu'elle s'était livrée, neuf jours auparavant, depuis que, dans la Rome humaine, les Minotaures de l'Escorte lui avaient mis les menottes aux poignets. Elle revit la scène. L'humiliation et la peur qu'elle avait ressenties, l'impression de trahir les Heures qui l'avait accablée à cet instant fatidique, tout lui revenait de nouveau. Depuis, il n'y avait rien eu d'autre que cette prison, cette cellule, cet abandon total. Quelque chose avait déraillé et Oliver avait mis trop de temps à le comprendre.

La fée poussa un cri de rage qui décoiffa un peu le nain. Elle demeura quelque temps abattue, muette, effrayante. Puis, se reprenant :

– Est-ce que ton frère est au courant que tu t'amuses à faire le bourreau dans ses prisons, et que tu as décidé de me retenir derrière son dos pour faire joujou en solo avec du matériel haut de gamme ? C'est bien ça, non ? Tu nous trompes depuis un petit bout de temps, et quand Robert va savoir ça, il va se fâcher tout rouge. Il va y avoir du sang vert sur les murs, je te le prédis, du sang vert de gros cochon malappris.

– Je…

– Détache-moi immédiatement.

– Mais je…

– Immédiatement.

– Je suis désolé. Je ne peux pas.

Les épaules de la fée s'affaissèrent involontairement.

– Comment ça, « je ne peux pas » ? Tu as bien été capable de capter les infos destinées à ton *Kaiser* de frère, de me maintenir dans une prison de seconde zone pour t'amuser à faire le bourreau du dimanche. Tu sais qu'il va forcément le savoir. Tu ne vas pas pouvoir me garder pour toi très longtemps encore. Ça fait combien… neuf jours norniens ?

Le cochon regardait ses pieds fendus. Un peu de rouge colorait ses joues.

– Je te connais, tu sais. Chez les Heures, on te connaît. On sait que tu es un débile de première classe, un habitué des niaiseries maousses. On ne connaissait pas ta tête, vu la réticence de ton frère à te montrer, alors on conjecturait. Maintenant c'est chose faite, tu as un visage, je ne suis pas déçue.

Le nain se renfrogna comiquement.

– Gargou. C'est comme ça qu'il t'appelle, non ? C'est comme ça que tout le monde t'appelle. Gargou le Fou. Gargou l'Andouille. Gargou le Marteau. Ça t'irrite, ces surnoms, n'est-ce pas ? Il y a de quoi.

Gargouzier renifla, au bord des larmes. Oliver avait touché juste.

– Laisse-moi deviner. Quand mon message à Robert a été envoyé, c'est toi qui étais dans le Bureau ovale, c'est toi qui l'as intercepté, c'est toi qui en as pris connaissance et c'est toi qui as trafiqué mon ordre d'incarcération.

– Bé… Bébert était sorti pour donner un ordre et il m'avait demandé de répondre au Verro-Phone.

Oliver n'eut pas besoin d'un dessin. Tant de candeur dans le Mal la stupéfiait. Elle soupira.

– Maintenant, détache-moi. Je dois parler à ton

frère. C'est important à un point dont tu n'as pas idée. D'accord ? Gargou ? Tu écoutes ?

Devant elle, Gargou le Fou roulait des yeux apeurés. Il savait qu'il avait fait « une bêtise ». Que son frère allait le disputer. Peut-être même l'enfermer dans le Cagibi, comme la dernière fois. Ça non, il ne voulait pas y retourner. Le nain tortillait ses doigts en gémissant. La prisonnière nornienne continuait à lui parler, mais il était incapable de la suivre. Il avait décroché.

Au fond, il avait juste voulu aider, se rendre utile ! Gargou se mit à pleurer, à gros bouillons. Oliver s'interloqua, la chique coupée.

– Tu vas me détacher ?

– Je suis désolé.

Gargou l'Andouille parut réfléchir. Oliver demeurait pendue à sa lippe, elle grimaçait un sourire, histoire de rassurer.

– Je ne vais pas vous détacher, dit-il.

Puis, plus hésitant, avec douceur :

– À la place, je vais vous tuer.

Oliver déplia sa mâchoire. Elle voulut pousser un cri. Mais elle reçut pour la seconde fois en moins d'une heure un coup de maillet qu'elle n'avait pas vu venir.

Le nain, impassible, rasséréné, chargea la fée dans la brouette.

– Je ne vais pas vous détacher. À la place, je vais vous tuer.

Chapitre 2
Fœtalité, quand tu nous tiens !

Une brume bleutée de givre décorait le rebord de la fenêtre. Les rayons doux du soleil y pointaient à travers les trouées dentelées des vitres. C'était le matin. Une délicieuse odeur de café frais, de tartines grillées et de feu de bois flottait dans l'air. Ce fut cette odeur qui accueillit Eugénia au sortir de son long sommeil. Elle avait encore dormi comme une masse, après un violent évanouissement causé par une terreur immense. Ça devenait une habitude. « Tu es sûre que tu ne fais pas exprès ? » lui aurait, pour sûr, fait observer sa copine Mélissandre, jamais trop sujette aux apitoiements. Non, Eugénia ne faisait pas exprès. La terreur lui tombait dessus spontanément. Mais pour l'instant, elle en était bien loin. Elle s'éveillait au beau milieu d'un lit à baldaquin inconnu, baignée par la pluie d'une lumière chaude et bercée par les fumets d'une cuisine en action. Elle n'y pensait pas, à tout ce qui l'avait fait s'évanouir. Au contraire, elle se sentait à la maison. Comme si elle était chez elle et que sa maman lui préparait ses toasts en attendant son réveil.

Une couette immaculée, remplie de lourdes plumes de volatiles non identifiés, l'ensevelissait sous sa douceur imposante, presque monumentale. Des replis et des rebonds tout brodés de fils blancs dépassait, comme un point, la petite tête aux cheveux noirs. C'était enivrant. Le corps entier était incrusté dans les draps moelleux et chaque fibre semblait infiltrée de tiédeur. Eugénia flottait.

Elle allait se rendormir quand elle entendit le son d'une corne de brume, dehors, pas très loin d'elle, assez fort pour faire vibrer la vitre. Ç'avait l'air d'une corne de brume ou du cri d'un animal. Eugénia se gratta la tête. Ce devait être un animal quand même assez bizarre, en détresse peut-être. Eugénia se redressa, un peu outrée qu'on la secouât sans ménagement par des discordances inopinées. Elle jura sans conviction et replongea dans les draps. Elle commença un rêve, un diplodocus trempé dans un lac de lait, qui fut illico interrompu par un nouveau coup de sirène déchirant. Eugénia, extirpée de ses songes, se redressa sur ses coudes.

Mais qu'est-ce que c'était donc, ce bruit, biquette à bois ?

Ça ressemblait à un beuglement d'abattoir doublé du ronflement d'une scie à métaux.

Eugénia replongea et tenta un nouveau dodo. Mais, de roulé-boulé en retapage de coussin, elle s'aperçut qu'elle n'avait plus sommeil. Puisque c'était comme ça, elle était même bien réveillée.

Le bruit avait cessé, et Eugénia, assise dans son lit, daigna enfin jeter un coup d'œil alentour, au-delà des amoncellements de literie.

Elle fit un tour d'horizon.

Autour d'elle, des boiseries sculptées, aussi fines que des dentelles de Calais, aussi sombres que du bois brûlé, et des pots de géraniums roses, pimpants, disposés çà et là sur les rebords des fenêtres couvertes de givre. Eugénia lâcha un petit sifflement d'admiration. Les sourcils en accent tégu, elle contempla les jouets anciens disposés en rang d'oignons sur les longues étagères qui faisaient le tour de la vaste pièce rectangulaire. Des poupées de porcelaine aux yeux peints et aux robes rouge sang. Devant elle, un feu crépitait dans une cheminée parée de dessins naïfs.

Tout était propre, domestique, tout respirait la chaleur d'un foyer tenu avec soin. En fait, on aurait dit la chambre de Pinocchio chez le sculpteur Gepetto.

Eugénia se cala sur son gros oreiller bien douillet et sourit.

Si on reprenait le fil des événements, on pouvait dire qu'elle s'en sortait plutôt bien. Voyons voir. Il y avait eu cette nuit à Rome, celle où les Minotaures avaient gelé la ville pour les tuer, Magritte et elle. Ensuite, il y avait eu la mort de Magritte (Eugénia sentit son cœur se serrer en y pensant). Puis Oliver l'avait sauvée in extremis. Eugénia n'avait pas trop suivi la suite. Elle avait senti vaguement des secousses et des ondulations. Elle s'était réveillée sur une plage, au bord d'un lac superbe, dans un pays totalement inconnu. En deux temps trois mouvements, elle s'était retrouvée entourée de corbeaux aux becs en fonte, acérés comme des couteaux. Au moment où elle allait trépasser, elle s'était évanouie encore une fois. Et elle se réveillait ici, dans ce lit de conte de fées. D'ailleurs, où était Oliver, cette bonne vieille cloche à frites ? Sûrement qu'Eugénia la trouverait en fouillant un peu dans la maison. Le sauvetage portait la signature de la fée.

Son ventre gargouilla à l'improviste. Les bûches

pétillaient toujours. Il allait falloir se décider à sortir du lit, à s'arracher des draps. Une faim de loup la tenaillait. Elle posa ses pieds sur le parquet noir de jais. Elle portait une chemise de nuit blanche, en fine batiste, très jolie. Ses cheveux étaient propres, souples et soyeux. Les boucles sombres roulaient sur ses épaules. Elle compta jusqu'à sept et se laissa glisser du haut matelas.

Elle fit quelques pas. Ses jambes en coton la soutenaient à peine. Elle faillit trébucher et s'accrocha à l'une des boules de bois ouvragé qui ornaient le baldaquin. Elle avait beaucoup dormi et ses muscles semblaient avoir de la peine à répondre aux injonctions de son cerveau. Eugénia avança doucement, en se ménageant, vers la porte noire qui lui faisait face.

La douleur la surprit. Un éclat venait de lui perforer le talon. Eugénia poussa un cri, suivi d'un juron étouffé. D'abord, elle s'agrippa furieusement le pied, puis, quand la brûlure fut moins poignante, elle se pencha dessus, pour voir. Elle reniflait un peu, en ravalant ses larmes. La plante était lézardée d'une plaie peu profonde, plus douloureuse que réellement grave. Eugénia souffla. Elle détestait avoir mal, surtout de bon matin. En rampant, elle parvint à revenir vers le lit. Elle déchira à la va-vite une bande de la flanelle des draps et se fit un pansement de fortune. Le sang coulait encore, mais la plaie était propre. Alors seulement, elle vit ce qui l'avait blessée. C'était un morceau cassé de porcelaine, la moitié d'un tout petit visage, dont l'œil unique la fixait de son regard velouté et livide. Eugénia remarqua un bras dans un coin de la pièce et, un peu plus loin, les deux jambes. Un petit torse mutilé se tordait dans l'âtre. Eugénia se renfrogna. Elle avait marché sur les débris d'une poupée.

Ça faisait un mal de chien. Et elle avait faim. La bonne humeur avait assez duré. Est-ce que les trucs de fées devaient systématiquement se terminer en queue de poisson gothique ? Est-ce que, chaque fois qu'on se sentait un petit peu réconforté, un petit peu bien dans sa peau, il fallait affronter tout de suite après des châtaignes, des coups de sang et des kidnappings ? Elles ne pouvaient pas ranger un peu leur bazar horrifique, des fois, radis rhombique ?

Tout à coup, elle remarqua, sur sa table de nuit, un petit flacon orné d'une tête de mort, rempli d'un liquide vert. Eugénia, qui commençait à connaître ses classiques, vit immédiatement le profit qu'elle pourrait tirer de la liqueur. Elle savait très bien à quoi servait ce gadget féerique. Elle avait vu le même dans le sac d'Oliver. Ça guérissait tout ce qu'il avait à guérir, ce truc-là.

Hissée sur le matelas, Eugénia se contorsionna pour saisir la fiole, l'inspecta, ouvrit le bouchon et renifla le goulot. Ça fleurait une odeur combinée de vieux maroilles et de poubelle. Mais Eugénia en avait vu d'autres, bien d'autres, en la matière. (Le souvenir du placenta de chèvre collé à la laine de sa robe noire était encore cuisant*.) Aussi n'eut-elle aucune hésitation.

Allongée sur les draps, le pied encore un peu saignant maintenu au-dessus du vide pour ne pas salir, elle souffla un coup et hop, ni une ni deux, avala le contenu du flacon.

Eugénia resta perplexe un instant, en cherchant à identifier les différentes saveurs derrière la morue aux fraises.

Au début, elle ne ressentit rien. Elle s'attendait à quelque chose. En général, les potions fées vous tordaient dans tous les sens, vous écartelaient et vous hachaient menu avant de vous reposer tranquillement, l'effet escompté durement gagné. Elle ne ressentait qu'un gargouillis indolore.

* Voir *Eugénia et la bouche de la vérité*, chapitre 5, L'exposé des fées.

Et puis paf ! Une explosion du museau. Eugénia sentit d'abord un éternuement géant couver au fin fond de son nez et de son cerveau, monter en puissance, puis pétarader en moteur à trois temps. Il suffit d'un seul atchoum ultra-puissant, puis ce fut tout. Eugénia resta baba pendant un moment, les cheveux en l'air, tout détire-bouchonnés.

Eugénia observa le résultat. Il n'y avait plus de pied percé, plus de sang sur les draps et même plus de bandage. Elle sauta sur ses jambes. Le coton s'était mué en muscles à ressort. Eugénia sourit. Quand même pas si cruches, ces fées. Elles savaient y faire ! Le ventre d'Eugénia gronda au beau milieu de ces considérations. Elle repéra une paire de pantoufles en cuir brun, au bas du lit. Elle les enfila et, pleine d'allant, courut presque pour piocher sur la poignée de porte, sans un regard pour la poupée suicidée, dont certains morceaux cuisaient dans l'âtre.

Chapitre 3
Répulsion

Eugénia était déjà dehors et ne vit pas l'étrange scène qui suivit sa sortie, dans la chambre laissée à elle-même. La poupée estropiée cligna de son œil unique. De sa petite bouche rouge, elle émit un grincement. Elle semblait rappeler à elle les débris épars, tel Orphée rappelant ses membres arrachés. Le tronc à moitié brûlé, les bras et les jambes, les morceaux du visage manquant se mirent à trembler. Lentement, ils s'ébranlèrent en direction de la tête tronquée de porcelaine. Peu à peu, en rampant, en glissant comme une limaille de fer attirée par un aimant, les copeaux se reconstituèrent. La poupée eut de nouveau un visage et un corps. De nouveau, il y eut un clignement d'œil, puis elle se retrouva sur l'étagère. Elle souriait de sa bouche rouge, dans sa belle robe écarlate. L'œil vide resplendissait d'un éclat vert.

Eugénia, qui était sortie comme une bombe, se trouvait plongée dans une obscurité totale. Elle avançait à l'aveuglette dans ce qui ressemblait à un couloir, les antennes dépliées et la peur vissée à l'estomac. Il faisait tellement noir qu'elle ne parvenait plus à voir le bout de ses pieds, la forme de ses mains. Impossible de revenir sur ses pas, elle ne savait même plus où elle était. Elle remarqua que l'odeur de pain grillé avait disparu. À la place, on sentait une sorte d'effluve de plastique usiné, de voiture neuve, tout à fait écœurant. En avançant d'un pas, elle heurta ce qui lui apparut comme un guéridon. Un objet qui pouvait être un vase vacilla sur le rebord. Elle entendit le petit chuintement sec qui signalait le verre ou la porcelaine. Eugénia tendit une main et s'agrippa, toujours en aveugle, à la présumée table. Elle reconnut un fin plateau de marqueterie. En tâtant le dessus, elle reconnut aussi une sorte de bol à bec fin. C'était une fiole. Eugénia s'en saisit mécaniquement. Aussitôt, au contact fébrile de la main, une lueur réchauffa le ventre de la bouteille, qui s'alluma à la manière d'une lampe à huile. Le scintillement était ténu, mais le halo permettait de distinguer, même vaguement, les repères. À première vue, on n'était plus chez Disney. Ou alors c'était un Disney bien gothique, bien lugubre. Eugénia se trouvait, comme elle l'avait supputé, dans un long couloir. Les murs étaient matelassés de tissu noir, des cadres faits d'un bois précieux s'y accrochaient. Seulement, il n'y avait rien à y voir. Les tableaux demeuraient obstinément mats, comme des écrans éteints.

Au sol, se déroulait un long tapis, une véritable tapisserie, pour tout dire, aux motifs difficiles à cerner. Eugénia, que la curiosité finissait toujours par animer davantage encore que la peur, se pencha pour y voir plus clair. Les fibres moelleuses formaient le dessin compliqué d'un lion, couché sur une sorte de hache géante. Le fauve avait la bouche ouverte et gardait entre ses dents une escarboucle (une grosse pierre qui jetait des rayons). Eugénia s'intrigua. Un deuxième dessin montrait le lion en train de combattre une créature, une sorte de poulpe avec une couronne ornée de grands couteaux. Eugénia, toujours à croupetons, déglutit. Une hideuse pétoche s'insinuait, creusait en elle.

Le troisième dessin représentait le lion gisant dans son propre sang, la tête tranchée. Eugénia, sous le coup de l'émotion, se releva un peu vite, faillit se cogner à un lustre éteint qui pendouillait du plafond, les breloques mornes et sales semblables à un vieux squelette. Son cœur battait excessivement vite. Où diable était-elle ? Le lion à la tête arrachée ne lui rappelait que trop le rêve atroce qu'elle avait fait au cirque, dans le domaine de Protée. Elle jeta, en frissonnant, un dernier regard derrière elle. La porte de sa chambre avait disparu.

Elle était à présent en face d'un escalier.

Dans le lointain, le fracas d'une batterie de cuisine jetée à terre la fit violemment sursauter.

Eugénia, hypnotisée de peur comme on peut l'être au beau milieu d'un cauchemar, descendit les marches, la lampe-fiole à la main. À mi-parcours, elle passa devant une immense fenêtre à croisillons de fer. Eugénia s'en approcha, sans s'apercevoir que ses dents claquaient. À travers la vitre, elle vit un paysage de campagne se dérouler, un décor de ferme, avec une margelle de puits, une grange, des outils posés sur une meule de foin. Eugénia cligna des yeux, la sueur lui coulait dans le dos en une traînée froide. Donc elle était à la campagne. Mais où exactement ? Elle s'était évanouie sur une plage. Si Oliver n'était pour rien dans toute cette histoire (comme il fallait raisonnablement le craindre), que s'était-il passé, branche de beurre à clous ? Et qu'est-ce que c'était que cette baraque tombale qui suintait affreusement les embrouilles mortelles ? !

*
* *

Elle colla son front à la vitre et regarda en direction des planches qui se dressaient non loin de la bâtisse à grain. C'était un enclos.

Derrière les barrières, il y avait trois petites biches, totalement immobiles, qui la fixaient d'un air de tristesse indéfinissable.

Eugénia fronça les sourcils. Son menton tremblotait.

À nouveau, un bruit de casseroles fracassées vint rompre le silence. Eugénia recula vivement.

Au bas des marches, il y avait un grand salon, laissé entièrement dans l'ombre, sans aucun meuble. De sa position de surplomb, Eugénia ne voyait que le damier noir et blanc d'un linoléum bon marché. Un rai de lumière verte s'échappait, mais Eugénia n'en distinguait pas la provenance exacte. Elle descendit encore une marche, puis deux, puis trois.

Finalement, Eugénia atteignit le rez-de-chaussée. Sa respiration faisait le bruit d'une forge, elle devait tenir les mains repliées sous les aisselles pour s'empêcher de trembler.

Elle s'approchait inexorablement de l'encadrement de la porte qui l'intriguait tant. C'était une cuisine. Il y avait quelqu'un là-dedans qui s'agitait, pour sûr. Et ce quelqu'un n'était pas Oliver. L'esprit d'Eugénia lui criait de prendre la fuite. Mais son corps avançait toujours, fasciné. Tout à coup, elle entendit le bruit d'une louche racler le fond d'une marmite. La friction métallique de la lourde cuillère s'élevait comme le son d'une meule que l'on eût fait piauler. Eugénia crut mourir de peur. Pourtant, elle avançait toujours. Elle voulait voir. Elle fit ce dernier pas, fatidique, qui la plaça dans l'axe. Et elle vit.

Devant une montagne de plats plus crasseux et dégoûtants les uns que les autres, se tenait la silhouette terrible, gigantesque d'une femme en charentaises, portant un tablier à fleurs et des bigoudis. La cigarette qui lui pendouillait au bec n'était pas allumée. La silhouette devait faire dans les deux mètres. Deux mètres cinquante, peut-être. Les jambes étaient violettes, marbrées de varices. La poitrine basse, énorme. Ce n'était pas une femme humaine. C'était une déesse, au visage flapi, aux rides de bouledogue. La femme tourna la tête vers Eugénia, les yeux mi-clos. Sur son filet à cheveux, la cuisinière portait une sorte de coiffe scintillante, un diadème sur lequel était inscrit *DIANA*.

La vieille femme soufflait dur devant sa marmite. Elle eut une sorte de moue en voyant Eugénia. Son visage, qui ressemblait à un paquet de linge sale, se déplia momentanément.

– Tiens ! Mais la voilà réveillée, la cocotte !

Diana avait prononcé ces mots d'une voix de stentor, complètement décoiffante. C'en fut trop. Eugénia poussa un cri de terreur et recula d'un pas. Derrière elle, un gros corps poilu faisait obstacle à sa fuite. Quelque chose ou quelqu'un qu'elle n'avait pas entendu venir la prenait en sandwich entre lui et l'horrible folle à la marmite. Eugénia poussa un second cri de terreur en s'agrippant à la toison de la Chose. Diana se mit à rire, bonhomme. Elle se gratta une fesse et déclara, couvrant comme si de rien n'était les hurlements d'Eugénia :

– Mets la table dans la salle des fêtes, Papag. La petite doit avoir faim !

Eugénia, sans voix, tomba par terre. Mais pour une fois, elle ne s'évanouit pas.

Chapitre 4
Philémon l'infirmière

Un no man's land lactescent. Un éblouissement de blanc, de pure lumière.

Deux petites étincelles bleutées traversent l'espace, le zèbrent d'un éclat azur. Ce sont deux esprits, minuscules, l'un à la poursuite de l'autre dans l'immensité intersidérale qui sépare deux particules d'électron. C'est un monde d'une beauté infinitésimale et cosmique. Un monde que l'œil humain ne distingue pas, mais que peuplent les *daemons*, qui en ont fait leur abri et leur terrain de jeu. Les deux petits points bleus foncent toujours de leur course folle. Et ils semblent avoir des choses à se dire.

– *Si tu n'arrêtes pas de te pomponner, on n'y sera jamais !*

– *Je ne me pomponne pas, je n'aime pas quand tu me presses.*

– *L'infirmière va finir la prise de sang et elle ne reviendra pas avant demain ! On aura l'air de quoi si on n'arrive pas à temps ?*

– *Mais on y est, flûte à bec !*

Ça chauffe chez les globules. Les deux lampions tressautent et se poursuivent dans l'infinité. Ils doivent rejoindre la porte lumineuse, qui permet d'entrer en *daemon* dans n'importe quel véhicule vivant. Ils sont pressés, le portail ne restera pas ouvert éternellement.

– *Gayanééééé !... Toi, tu prends Magda et moi, je prends Vadim, celui qui fait la nuit. C'est maintenant ou je me fâche.*

– *Je ne veux pas Magda, je veux Vadim !*

– *Tu feras ce que je te dis, graine de délinquante !*

– *C'est ce qu'on verra, vieux débris diégétique !*

Et là, paf. Ils ont foncé à travers la membrane fluorescente de la porte.

Ils sont sur Terre, dans une chambre d'hôpital.

L'infirmière, la grosse Magda, s'interrompt au milieu d'un geste. Elle était en train de poser un cathéter et elle s'arrête, vaguement déformée, comme si elle allait éternuer, mais que ça ne venait pas. Vadim est avec elle. Quand les *daemons* arrivent, il est occupé à réfléchir mollement sur le sort du monde. Il rêvasse avant de prendre son service. Il est six heures du soir et le soleil rasant perce sous les persiennes métalliques, chauffe les draps du lit où est couchée, inconsciente, Agnès Arlequin, la maman d'Eugénia. Vadim aussi s'arrête net, au moment où on l'envahit. Lui aussi, sa face se déforme. Pendant une fraction de seconde, les deux infirmiers demeurent ainsi, figés dans leur posture de lapins atchoumeurs. La maman, elle, continue de dormir.

L'esprit bleu nommé Gayanée est entré sans ménagement par les cavités nasales et a promptement attrapé les commandes. Il a pris de vitesse le vieux Philémon et s'est installé dans Vadim. Philémon arrive, essoufflé, après elle. Il maugrée avant d'entrer dans Magda, juste avant que la fenêtre de *daemonisation* se ferme et que l'infiltration devienne impossible. S'il avait un poing à sa disposition, il le lèverait en direction de cette petite canaille de Gaya, l'apprentie *daemonette* qui n'en fait, depuis le début, strictement qu'à sa tête.

Gayanée et Philémon connaissent bien la procédure. Il leur faut impérativement se connecter fissa, prendre ventouse dans l'humain qu'ils colonisent, en douceur certes, mais avec fermeté. S'ils veulent lutter contre le Renard, l'infiltration humaine est leur seule chance.

*
* *

Magda n'était pas un véhicule difficile à dominer. Plutôt bonne pâte, elle avait une histoire simple, des goûts modestes, facilement mémorisables. Une enfance dans la Somme, des parents épiciers, originaires de Pologne, amateurs de Loto et de gigot du dimanche. Elle allait les voir toutes les fins de semaine dans leur pavillon coquet, et repartait requinquée par leur amour débordant et ultra-nourricier. Elle portait sa queue-de-cheval plantée bien haut sur le sommet du crâne, et maquillait ses beaux yeux verts d'une épaisse couche de mascara rose. Sa gourmandise était contenue tant bien que mal par des régimes farfelus, qui ne tenaient jamais plus de deux jours. Elle avait un chat siamois, pratiquait le scrapbooking, possédait une impressionnante collection de boîtes en cœur et adorait écouter les valses de Vienne remastérisées par André Rillette. Autrement dit, c'était une fille bien sympathique.

Vadim était plus difficile à cerner. C'était un grand rêveur. Il venait souvent « embêter » Magda avec ses élucubrations, et parfois elle le chassait de la chambre où elle travaillait, le sourire aux lèvres, comme s'il eût été un enfant turbulent. On le voyait errer dans les couloirs de l'hôpital, les mains dans les poches, oisif. Il avait toujours l'air un peu « à côté » et lisait de gros ouvrages pendant ses temps de pause. Vadim était un infirmier philosophe. Il méditait sur l'un, le multiple, l'infini, l'être et le devenir, le pourquoi du comment, le pourquoi-vivre et le comment-aimer. Et il affichait sans le savoir une petite frimousse d'ange ébahi, que Gayanée trouvait vachement mignonne.

– *TU ES OPÉ ?* gueula Philémon, comme un putois.

– *Je suis parfaitement en place. Je te rappelle en passant que je ne suis pas sourde, moi.*

Ça y était, Vadim et Magda étaient infiltrés. Vadim fut le premier à bouger. Il s'étira, comme au sortir d'un rêve.

– Bon, je dois prendre mon quart, moi…

Non. Tu ne vas pas prendre ton quart, tu restes avec Magda. On va avoir besoin de toi pour veiller sur l'humaine qui est couchée dans cette chambre.

– Attends, j'y pense, il faut que je reste avec toi. Tu vas avoir besoin d'aide pour les prises de sang.

Dis oui, Magda.

– D'accord, reste avec moi cette nuit. Tu ne me parleras plus de tes monades « honte à la chique » ?

– Entéléchiques ? s'interloqua Vadim en se grattant la tête. Ah, non ! Promis.

Maintenant, Magda, va vérifier sur le registre le nom des personnes qui ont rendu visite à Agnès. Va.

Magda obéit au doigt et à l'œil. Philémon lui soufflait ses ordres et elle les exécutait ! Elle répéta, en désignant Agnès :

– C'est étrange, cette femme toujours seule. Tu crois que des gens viennent la voir ? Je vais aller voir sur le registre le nom de ceux qui lui ont rendu visite. Tu restes là pour la surveiller, Vadim ?

D'accord.

– D'accord.

Magda sortit de la chambre, tel un zombie dodu, et se dirigea *drette* vers le registrariat. Vadim, un peu distrait, demeura assis près du lit d'Agnès. Et il se mit à caresser la couverture d'un livre, les yeux noirs et brûlants dans le vague.

*
* *

En fait, la maman d'Eugénia n'était pas vraiment « toujours toute seule ». Elle recevait même pas mal de visites, entre tata Mouclade, les jumeaux, ses collègues de la maison de retraite, et même Didier et

Mélissandre (toujours en code d'illusion 01875*)… Or Philémon subodorait que, parmi ces visiteurs, un intrus malveillant s'était glissé. Il avait besoin de savoir qui exactement était venu à son chevet, et à quel moment. Pour cela, il n'avait pas d'autre solution que de dépêcher Magda. Selon ses sources, Agnès courait un danger tout à fait considérable. On avait repéré une forte concentration de mercure Émeraude, le fluide du Renard, autour des principales installations de l'hôpital. Philémon, avant de choisir Magda et Vadim comme véhicule, pour lui et Gayanée, avait mené une enquête minutieuse, en exploitant les ressources féeriques au maximum. En analysant ces données, il apparaissait que les traces du Renard étaient tout à fait perceptibles autour de la chambre d'Agnès. Du coup, la situation devenait très inquiétante. Philémon devait à présent continuer ses investigations sur le plan humain. La vie de la maman d'Eugénia était en jeu. Le Renard ne pourrait pas, de toute façon, opérer sur le seul plan féerique. Il fallait, pour atteindre la maman et lui faire du mal, comme

* Illusion féerique de moyenne envergure, qui permet de faire croire à un groupe d'humains qu'un des leurs est toujours avec eux. Le code a été enclenché quand Eugénia a dû s'absenter d'auprès des siens pour sauver l'âme de sa mère (voir tome I).

il en avait certainement l'intention, qu'il commît l'erreur de rentrer dans le monde humain, de s'y infiltrer, d'une manière ou d'une autre.

Si cela devait arriver, Philémon (flanqué, évidemment, de son apprentie *daemone*) serait là pour contrecarrer les manigances de Geoffrey le Renard. C'était sa manière à lui de rester fidèle à Oliver et à Eugénia.

En Pays passeur, la rumeur colportant la trahison d'Oliver s'était répandue comme une traînée de poudre. La panique s'était emparée des foules féeriques, une électricité mauvaise, une méfiance généralisée, partant de la rue, des cirques, des lacs, avait gagné les sphères les plus hautes du commandement. Si bien qu'à un moment les Heures avaient songé à déclarer l'état d'urgence. Carrément. Il faut dire que les fées, en général, étaient promptes à se laisser envahir par la peur, et qu'une fois affolées elles devenaient capables du pire. Oliver avait été leur gardienne pendant si longtemps ! Et puis… Certains se souvenaient encore que, quelques siècles nornicns auparavant, le Renard aussi avait trahi, avec des conséquences tragiques infinies*.

* Voir *Eugénia et la bouche de la vérité*, chapitre 9, Les romans de Renard.

Eugénia, elle, était introuvable. Mais, sauf aux yeux des Heures, cette disparition apparaissait comme un détail.

Au bout de quelques jours de cette pagaille, la nouvelle de la mort d'Oliver était arrivée. Personne n'avait vu le corps, mais les espions fées en pays verrin étaient formels. Oliver avait succombé. Oliver était morte. Les Heures avaient prononcé un éloge funèbre somnambulique parfaitement hypocrite et tout était rentré dans l'ordre, du moins en apparence.

Seulement, Philémon n'y croyait pas. Il sentait qu'Oliver était encore vivante, quelque part. Et qu'Eugénia avait besoin d'une aide urgente. En attendant, il continuait coûte que coûte de remplir la mission que lui avait attribuée Oliver avant son départ forcé vers le Pays mangeur : protéger Agnès, protéger les humains contre le chaos du Renard.

D'ailleurs, il sentait avec angoisse que protéger les humains et protéger les fées, ça allait bientôt vouloir dire la même chose.

*
* *

Magda arriva chez le registraire au pas de course. Le gars sommeillait sur sa chaise de bois. Elle claqua un peu la porte pour le réveiller. Denis se secoua péniblement de sa torpeur et émit un gargouillis dubitatif.

– J'ai besoin de consulter les registres, je peux? prononça Magda timidement.

– Hein? De quoi? parvint-il à articuler au milieu d'un bâillement.

– On peut consulter le fichier sur votre ordinateur? Vous pouvez m'aider à trouver le dossier d'une patiente?

– Ah!...

Denis maugréa une dernière fois, puis, comprenant qu'il n'y couperait pas:

– Le registre est numérique, maintenant. C'est quoi, le nom de la patiente?

– Agnès Arlequin, née Diserte. Salle de nursing.

Il pignocha sur le clavier.

– Voilà.

Il recula pour laisser la place aux larges hanches de Magda. Celle-ci s'installa bien à son aise et commença sa recherche. Devant elle, une liste de noms s'affichait.

Il y avait deux mois humains que l'accident avait eu lieu et que la maman était dans ce coma. Elle avait reçu plusieurs dizaines de visites. Vingt-sept fois sa famille proche, seize fois sa famille éloignée, neuf fois des relations professionnelles, quatorze fois sa copine Armance et son fils. Mélissandre et Didier, quatre fois, dont une accompagnés d'un certain Rodolphe Winterreise, inconnu au bataillon.

Magda ferma les yeux. À l'intérieur, Phil se creusait les méninges. Rodolphe Winterreise ?

Le voyage d'hiver en allemand humain... hum... Détecteur de zarbitude aux aguets.

Rodolphe ?

Rodolphe...

Rodolphe !

Nomdunepipe ! Il fallait vérifier TOUT DE SUITE ! Magda se jeta sur l'agent et se mit à le secouer par le collet.

– Vous vous souvenez de ces trois-là ? Il y a deux jours ?

Le registraire la regarda, éberlué.

– Mais comment voulez-vous que je... ?

– Il y a des bandes vidéo ? L'hôpital garde des traces informatiques du passage des visiteurs ?

– On a des bandes... oui... Au sous-sol, escalier C, local 38, mais...

Magda avait lâché brutalement le registraire, qui s'éfoira, éberlué, sur le plancher des vaches. Avant même qu'il pût émettre un son de protestation, l'infirmière était déjà dehors. Sa poitrine se soulevait et s'abaissait au rythme de son affolement. Elle déboula comme une furie dans les couloirs menant aux escaliers.

Rodolphe, c'était le deuxième prénom de Geoffrey.

Et, selon toute apparence, il était parvenu à devenir l'« ami » de Mélissandre et Didier !

Chapitre 5
Madame Rétamée (une déesse sous influence)

– La petite ne mange rien. Ressers-lui de la cervelle ! Bon sang de bois, c'est pourtant de la bonne cervelle de biche !

Eugénia était à table, momifiée dans les plis d'une serviette à carreaux, soigneusement ligotée à une chaise en plastique de style années 1950. Autour d'elle, les vestiges d'une salle à manger qui avait dû être pimpante, mais qui semblait à présent être passée au déchiqueteur, ou sous un bombardement de neutrons. Le Formica de la longue table, par exemple, en avait pris un sacré coup. En fait, tout le mobilier de la pièce paraissait écorché vif. Le lino, visiblement fraîchement arraché, laissait à nu le béton du sol sous un monticule de déchets divers (assiettes ébréchées, verres pilés, amas de torchons sales...). Les luminaires brandillaient à la manière de phasmes étêtés.

Par la porte, venant de la pièce attenante, leur parvenaient les sons tonitruants d'une télévision allumée, le volume poussé à fond. Papag le poilu y comatait devant des dessins animés frénétiques, ses deux poings hypertrophiés « couchés » à côté de lui, comme deux cerbères au repos.

Dans cet environnement plus qu'inhospitalier, Eugénia roulait des yeux de veau qu'on mène au sacrifice. Parfaitement engoncée, véritablement prisonnière, elle subissait sans pouvoir broncher l'assaut périodique et violent d'une cuillère de pâtée rouge sang contre ses lèvres ultra-serrées.

– Allez, bouffe ! Oliver nous a dit de te faire manger des trucs d'humains !

Diana, penchée sur sa victime, s'acharnait à vouloir lui enfourner la cuillère et perdait patience devant l'obstination terrorisée d'Eugénia. Son visage énorme laissait paraître, par vagues, des éclats torrides de frustration et de haine en même temps que des ondulations de tendresse infinie.

Eugénia sentait la pression de la cuillère contre ses dents, l'avant-goût mortel de la pâtée. Elle résistait, couverte de sueur, épuisée.

La tiare de travers, le tablier taché d'une substance verdâtre et brune, genre morve de kryptonite, Diana piétinait comme un taureau sonné par les banderilles. Le plus troublant pour Eugénia était justement ce soin, ce souci obsessif qu'elle mangeât à tout prix et qui devait partir, à la base, d'une bonne intention. Diana était effrayante, on s'entend. Mais pour Eugénia, il y avait aussi quelque chose de pathétique dans ce spectacle. La permanente en capilotade, affreusement comprimée de graisse dans sa blouse, Diana cherchait obstinément à faire aboutir un geste impossible. Elle voulait faire manger Eugénia. C'était sa mission déraillée, sa butée intime.

– J'ai cuisiné ça pour toi, l'amiffe, bouffe !

La question qui se posait était la suivante : avait-elle toujours été cette vieille démente radoteuse, cette piètre nurse alzheimerée ? Ou bien était-elle devenue (un peu comme sa maison récemment dévastée) une tortionnaire sans queue ni tête ? Sous quelle influence une telle dégradation avait-elle pu se produire ?

Pourquoi invoquait-elle Oliver ? Devait-on, contre toute apparence, la compter comme une alliée ? Pouvait-elle d'ailleurs, à ce stade, être l'alliée de qui que ce soit ?

Eugénia aurait été bien en peine de répondre. Pour l'heure, elle contemplait avec effarement son bourreau femelle, et se demandait non sans angoisse comment elle allait se tirer de ces sales draps et de ces draps sales. Au sens figuré et au sens propre donc, la serviette qui lui servait de bavoir en même temps que de joug étant maculée de jus de maquereau pourri et de bouillon de poulet rance.

– Papag ! Viens m'aider, tu vois bien qu'j'y arrive pas ! Tu m'laisses toute seule, cruel ! Tu m'as-tu entendue ?

Diana soufflait comme un phoque, d'un halètement d'obèse.

Papag beugla depuis sa banquette, mais ne bougea pas. Il parlait une langue non humaine, l'espèce de swahili zarbi qu'Eugénia avait déjà entendu dans la bouche d'Oliver au Raminagrobis*.

À ce moment, le visage de Diana se crispa violemment, comme sous l'effet d'une convulsion. Ses yeux, qu'Eugénia n'avait toujours pas réussi à vraiment observer depuis le début, brillèrent dans sa direction. De noir profond, impénétrables, ils s'étaient changés en deux billes d'un bleu aquamarin. C'était brusquement des yeux traqués, dont le fond conservait la trace de leur bonté initiale. Un fond de son

* Voir *Eugénia et la bouche de la vérité*, chapitre 5, L'exposé des fées.

essence frelatée, trafiquée, remontait des tréfonds et suppliait Eugénia de lui pardonner. Diana tomba à genoux et s'agrippa la tignasse, sous le regard médusé de sa prisonnière.

– AH !

Diana versa sur le côté, tel un cachalot basculé pour le treuillage final.

Eugénia crut qu'elle était morte. Papag râlait sur son fauteuil, comme en transe. Il entonnait une sorte de chant tantrique, et se ratatinait peu à peu, toujours encadré par ses poings massifs, dont les jointures ultra-dilatées pianotaient dans le vide. La télé s'était tue.

– Eugé… Eugénia… Ahh ! Pardon… Par…

Diana murmurait. Elle souffrait visiblement comme une bête. Eugénia, emmaillotée dans ses rets puants, tendait une oreille suraiguisée par la panique.

– Eugénia… Fuis… le Renard… Geoffrey… Il était là… Il nous a…

Diana, roulée en boule sur le sol de béton, hochait la tête et bavait au milieu des déchets et des débris. Elle articulait difficilement.

– Je ne peux pas te protéger, il faut fuir, je vais te tuer sinon… Geoffrey est venu… il m'a… programmée… Je vais te tuer… Je ne peux plus lutter…

Eugénia se tortilla avec la véhémence des condamnés. Elle trouva la force de hurler :

– Alors détachez-moi maintenant, pendant que vous en êtes capable ! Diana, je vous pardonne ! Je sais que vous vouliez mon bien ! Oliver est votre amie, je le sais, elle veut que vous me détachiez ! Détachez-moi ! Vous pouvez le faire ! Bientôt, il sera trop tard !

Diana se tenait immobile à même le sol. Sa carcasse superbe grondait comme une montagne sous l'orage. Rassemblant toutes ses forces, elle parvint à se lever sur ses genoux. Ses bas tombaient affreusement sur ses jambes malades. Flageolante, elle s'approcha de la chaise où était ligotée Eugénia. Ses yeux bleus s'assombrissaient. Elle allait retomber dans sa folie, c'était une question d'instants. Eugénia le redoutait. Dans un effort accablé, Diana tendit sa grosse patte et, tirant sur le nœud de la serviette carcérale, elle délivra la jeune fille.

Eugénia n'eut pas le temps de se réjouir. À peine eut-elle sauté sur ses pieds qu'elle se retrouva face à un véritable monstre. Diana, cédant aux forces maléfiques qui s'étaient infiltrées en elle sous la magie du Renard, était devenue, finalement, la machine à tuer que Geoffrey avait programmée. Ses yeux noirs brûlaient, son visage était à présent un masque de cruauté, modelé par le Mal.

Eugénia leva les yeux. Un hachoir géant s'abattit sur elle à une vitesse telle qu'elle eut à peine le temps de l'éviter. Le coup fut terrible. Il scinda la table de tout son long. Eugénia courait déjà, éperdument, vers ce qu'elle pensait être la sortie. Diana, l'écume aux lèvres, s'empêtra dans ses pantoufles et faillit trébucher. Elle se rattrapa au seul meuble encore intact, l'arracha furieusement du mur et, au milieu de ce fracas, poussa un cri horrible, un cri à glacer les donzelles en fuite, un cri à faire s'arrêter net de courir pour attendre la mort. La chasse avait commencé.

Chapitre 6
Avatar, avatar et demi

Philémon, transbahuté par Magda, courait toujours dans les couloirs de l'hôpital. La mission était urgente : vérifier sur les bandes vidéo celui qui se cachait derrière le mystérieux Rodolphe. Ce nom… Winterreise, le *voyage d'hiver*, ça sonnait rudement comme une énigme du Renard. Il fallait en avoir le cœur net au plus vite. Pour cela, Phil était passé en mode « total contrôle », son avatar. L'heure était grave. Philémon devait se faire dictatorial. La conscience de Magda avait donc été partiellement débranchée et son corps réduit à un simple véhicule. Le *daemon* en chef avait télépathé des instructions à Gayanée pour qu'elle en fasse autant avec Vadim.

L'infirmière parvint à l'embouchure de l'escalier C, le fameux, l'inespéré. Magda, pleine de courage, s'élança vaillamment vers les marches du troisième sous-sol. Pendant ce temps, Philémon cogitait toujours. Rodolphe. Ça devait être l'avatar humain de Geoffrey. Que faisait-il avec les deux amis d'Eugénia ? Saucisse à clous, que ça fleurait dru les ennuis, cette histoire !

Enfin, on arriva à destination. L'infirmière ouvrit la porte sans prendre la peine de frapper. Elle se planta sur le seuil et déclara tout de go :

– Je suis Magda… Magda Auslander. Nurse à l'étage des comateux. Je voudrais consulter les bandes du…

L'infirmière s'interrompit pour reprendre son souffle.

– … du 26 août à onze heures.

Sans lever le nez, l'employé moustachu accaparé par ses mots croisés qui siégeait derrière des pyramides de cassettes VHS nasilla :

– Si ça vous amuse. Les cassettes de la semaine dernière sont sur l'étagère bleue en face de vous. Vous avez de la chance, je suis en retard dans mes archivages. « N'a plus d'espoir… et même plus de désespoir ». En onze lettres, vous voyez quelque chose, vous ?

– Je… je vais y penser.

Magda farfouilla pendant quelques minutes dans le tas de bandes vidéo. Elle trouva sans trop de peine celle qui l'intéressait. Philémon, à l'intérieur, la cornaquait inflexiblement. Quand elle eut inséré la cassette dans la fente, elle jeta un dernier regard au cruciverbiste. Il n'y avait aucun risque de ce côté, le préposé ne semblait pas disposé à la déranger. Elle accrocha soigneusement ses boucles derrière ses oreilles dodues et s'installa devant l'écran.

Les images défilèrent sur le moniteur. Des visages, par centaines, passèrent sur les bandes. Il y avait là des gens agités, terrorisés par l'hôpital, d'autres plus calmes, amortis par la fatigue, des petits enfants, des chariots, des femmes avec des cabas, des couples en train de se disputer…

Et puis, tout à coup, la face familière de deux adolescents souriants et pleins de vie, saisis au milieu d'une blague visiblement très drôle. Mélissandre secouait ses longs cheveux noirs moutonnants, clignotait de joie en direction du beau Didier, frais comme un fromage blanc et ténébreux juste ce qu'il fallait. Celui-ci mimait pour faire rire sa compagne l'inénarrable Livio Paparella, leur prof de maths, en train de piquer une tête à la piscine municipale. Philémon s'aiguisa. Il fallait repérer le Rodolphe, à tout prix.

Il distingua parfaitement Mélissandre, toujours en train de rire, qui se retournait vers un point invisible, comme pour attendre un retardataire. Le cœur de Phil se serra d'émotion.

Geoffrey *himself* débarqua à l'écran, sous sa forme humaine de grand rouquin flamboyant. Il était superbe, un minois à faire craquer toute adolescente qui se respectait. Son avatar ne devait pas avoir plus de 15 ans. C'était cela ! Geoffrey s'était faufilé dans l'entourage des deux amis sous l'apparence d'un garçon de leur âge… Peut-être un nouveau, dans leur classe ? Philémon l'observa avec dégoût. Ses yeux brillaient comme deux boutons de culotte, impénétrables. Il n'avait rien perdu de sa prestance, le bougre. Mélissandre s'approcha de l'avatar et le prit par la main pour l'emmener vers leur destination. Phil avait-il rêvé ou avait-il perçu dans l'œillade de la jeune fille un peu plus que de l'amitié ? Derrière eux, Didier baissait les yeux. Ce rival n'avait pas l'air d'enchanter le beau brun.

*
* *

Soudain l'image se figea, et tous les humains devinrent statues de sel. C'est alors que la voix de crécelle du Renard retentit, une voix vieillie, enrouée par les épreuves et la méchanceté pure. Les bandes étaient muettes, en principe, mais la sorcellerie de Geoffrey les animait d'une incantation diabolique. Sur l'écran, Philémon affolé vit le Renard s'approcher du cadre et se mettre à lui parler comme sur une webcam tout à fait ordinaire.

– Tu me vois ? Hin hin hin… Philémon, vieux bougre, comme il est bon de te retrouver ! Tu as vu que moi aussi, maintenant, je peux me promener à ma guise sur la Terre ?… Je rajeunis ! Ce contact avec les jeunes générations, c'est un bain de jouvence ! Comme je m'amuse !

Geoffrey ricana salement.

– Tu vois. Cette douce maman, je ne la tuerai pas aujourd'hui. Non. J'ai tant à faire, dans mon nouveau corps ! Mais je reviendrai, et tu seras là, mon cher Philémon ! Eugénia n'y assistera pas, j'en ai peur. Diana n'est plus une alliée sur laquelle vous pouvez compter. Elle a, disons, perdu la tête ! Rien de plus amusant, je te l'assure. Si ton Boulotron pouvait en capter le reflet et voir les images, tu serais enchanté !

Le rouquin maléfique éclata d'un grand rire éraillé.

– Mais de Boulotron, sous peu, tu n'auras plus

besoin ! Ah ! Ah ! Philémon, grand couillon ! Je te plumerai ! Je te plumerai ! Ah ! Ah !

Puis la voix s'infléchit, se fit murmurante. Elle articula, subitement polaire :

– Bientôt ce sera… le crépuscule des fées… le crépuscule… des fées !

Un clignement d'œil et puis plus rien. Le flux indifférent des passants capté par la vidéo. Mélissandre, Didier et l'horrible Rodolphe avaient disparu. Quand Magda voulut rembobiner la cassette, elle s'aperçut que les bandes étaient effacées, vides. Le noir remplaçait désormais les images.

Philémon frémit.

Il n'y avait plus de doute. Le Renard avait accès à la chambre d'Agnès, grâce à la caution de Mélissandre et Didier. Philémon voyait double, la panique le faisait dérailler. L'avatar maléfique allait revenir, il fallait trouver un plan, et vite !

Chapitre 7
Oliver au frigo dormant

Vlam ! Une gamelle de compète. En plein milieu du fin fond d'un sommeil de plomb, Oliver se retrouvait la figure en compote, les quatre fers en l'air sur un sol en béton. Mougodio ! Quelle chute ! Y avait au moins vingt mètres de plafond dans cette… cette… hum… à vue de nez… grotte ! Premier réflexe, Oliver gigota des membres pour vérifier la coordination. Les jambes pliaient, ce n'était *pas pire*, et ses bottes de Barbarella étaient toujours en place (sans le Ralbilbol, évidemment, confisqué en début de captivité). Par contre, la caboche avait vraiment l'air bien amochée. Oliver s'astiqua le crâne et se massa la mâchoire. Plus un poil sur le caillou, ça augurait mal. Au toucher, la peau était horriblement squameuse, genre museau dépiauté. Quand elle fut sur pied, passablement sonnée, elle jeta un regard alentour.

Oliver n'était pas née de la dernière pluie, elle comprit vite ce qui se tramait. Elle se souvenait vaguement des événements dont elle pensait qu'ils l'avaient très probablement amenée dans cette *dompe*. Gargou l'avait assommée et croyait l'avoir tuée. Il n'était décidément pas capable de faire un truc jusqu'au bout, celui-là ! Oliver avait encore mal au crâne du coup de massue que l'andouille lui avait flanqué. Pour que Robert ne soupçonne rien, il fallait que le corps disparaisse. Il était hors de question de le coller à la morgue habituelle (un tas de fumier tenu par des Vampires rasta). Restait une seule solution : le Grand Frigo à viande froide de Porkie City, la capitale mangeure. C'était là qu'elle était, la fée. C'était là qu'elle macérait, posée sur une étagère de glace, depuis que Gargou l'avait « tuée ». Mais alors, pourquoi faisait-il si chaud là-dedans et pourquoi (Oliver ne s'en apercevait que maintenant) entendait-on ces bruits glaçants de coque de bateau qui craque ? Pourquoi (deuxième remarque, le sourcil relevé) la porte du frigo était-elle ouverte ? Et enfin (slouche slouche, ouache ! !), pourquoi barbotait-on dans cette eau croupie ?

*
* *

Oliver frissonna. La porte du frigo, entrebâillée, laissait présager un spectacle d'épouvante. La fée déglutit. Elle n'avait pas son Ralbilbol, ça la rendait vulnérable. Il allait falloir pousser la porte tout à fait, pour voir. Elle se trouvait quand même en pays verrin, en plein repaire de « méchants ». Il y avait de grandes chances pour que, derrière cette porte, des Minotaures armés jusqu'aux cornes lui tombent sur le poil sans une once d'aménité, dans le but avoué de la transformer en cure-dents. Son plan initial avait échoué lamentablement sur les sabots du gros Gargou. À présent, il ne lui restait plus beaucoup de cartes dans son jeu. Oliver le savait, il n'y avait pas d'échappatoire. *Nowhere to run, nowhere to hide.* C'était comme ça depuis toujours, dézinguer était son destin.

Si ses calculs étaient bons, elle se trouvait dans la zone Sud, le quartier des Immondes. C'est là que le Grand Frigo était, du moins sur les plans qu'elle avait potassés durant ses années de formation nornienne. Cela voulait dire qu'en plus des Vampires et des Mino habituels elle allait sans doute devoir se fader des zombies, évidemment à mains nues. Elle pourrait peut-être récupérer son Ralbilbol dans les affaires de Gargou, en espérant qu'il n'ait pas eu l'idée lumineuse de s'en débarrasser en le lançant dans le Fleuve glauque. Il faudrait penser au Parcifex, aussi, se dit-elle en tâtant ses joues craquelées. Le bureau de Gargou était en zone Nord. Cela faisait au moins sept kilomètres d'horreur à parcourir, dont toute l'allée des parades militaires, les Champs-Débinés. Cela promettait une belle balade de santé.

Pourquoi la porte de ce fameux frigo s'était-elle retrouvée ouverte ? Un court-circuit, peut-être ? Un coup de chance, assurément. Oliver n'avait pas l'habitude de trop tergiverser. Les réponses, elle ne le savait que trop, avaient tendance à lui tomber dessus, d'une manière ou d'une autre, le plus souvent à base de castagne.

Oliver poussa la porte, sur ses gardes.

Elle se serait attendue à tout sauf à ça.

La scène avait des airs de cauchemar. Les locaux de l'administration du frigo étaient dévastés. On aurait dit les vestiges d'un tsunami : les chaises et les tables renversées, les circuits électro-verrins en capilotade, tous les fils des compteurs dénervés, pareils à d'horribles pattes de crabe en bouquet. Il y avait des papiers partout et surtout il y avait des armes, posées à même le sol, abandonnées : des haches à double détente, des hallebardes à cran d'arrêt, des fusils à Pompzejam, des rondaches et des revolvers à cheveux blancs. Trois à cinq centimètres d'eau sale formaient une nappe répugnante sur le plancher terreux.

Oliver découvrit, derrière un bureau effondré, le corps abattu, gonflé d'eau, d'un grand Minotaure noyé.

Très prudemment, Oliver s'approcha du cadavre. Plus un souffle n'en sortait, mais il fallait se méfier. La fée avait appris à repérer tous les pièges de ces salopiauds de Minos, friands de mises en scène assassinatoires. Du bout de sa botte, elle poussa l'épaule de la bête, puis une de ces immenses cornes fartées qui leur faisaient une silhouette de sapin de Noël. Il était mort, plus de doute. Oliver se pencha sur le grand corps. Le poil, détrempé, ressemblait à la fourrure mouillée d'une peluche. Le mufle indiquait que la mort avait été terrible. L'expression en était éloquente. La position même du corps montrait que le Mino avait été surpris par un adversaire contre lequel toute résistance était vaine. Il s'agissait sans doute d'une immense vague meurtrière, tous les indices concordaient. Sauf que, Oliver ne l'ignorait pas, Porkie City était loin d'être une cité balnéaire. La mer la plus proche se situait à des milliers de kilomètres, sur le front des Hespérides. Alors qu'est-ce que c'était que toute cette eau ?

Oliver demeura ainsi, perplexe et interrogative, pendant quelques minutes. Un bruit de poubelles renversées vint interrompre sa contemplation. Quelqu'un fouillait dans les décombres, au dehors. Oliver se mit en planque à la vitesse de l'éclair, à trois mètres au-dessus du sol, suspendue par la grâce d'un grand écart parfait. Il y eut un très sonore « bading badeing » de ferraille, un peu plus près. On se rapprochait. À l'oreille, Oliver compta trois hostiles, vraisemblablement zombies. Les mouvements étaient mal coordonnés, on sentait qu'ils peinaient à synchroniser leurs gestes. On les entendait pousser des beuglements glaçants, typiquement zombies. Oliver se frotta les yeux et la gorge. Les morts-vivants pullulaient dans le quartier des Immondes. C'était leur quartier réservé. Le Verrat ne pouvait pas les piffer et, depuis le début de son règne, il les confinait dans ce ghetto.

De sa cachette, elle les vit arriver. Ils avaient senti l'odeur du cadavre et, quand ils virent la masse du Minotaure fraîchement décédé, ils poussèrent tous ensemble un grand cri de joie babouinesque. Oliver se dit qu'il valait mieux qu'elle intervînt rapido, avant que les zombies ne se livrassent à leurs activités favorites : le démembrage express et la dégustation de viscères. Après tout ce temps passé au frigo (et avant cela, en prison, la tête en bas, cornedebrumée à coups de Mike Brant), la fée commençait à avoir l'estomac retourné. Elle eut l'intuition que, dans son état, admirer des zombies en train de se régaler d'un Minotaure n'était pas un spectacle souhaitable.

Elle déboula au milieu des affreux, qui poussèrent à l'unisson un borborygme de terreur, la mâchoire pendante, imprudemment décrochée. Oliver, sans ciller, en chopa un par les trous de nez. Tandis qu'elle l'immobilisait momentanément dans cette position infamante, la fée tatana les deux autres. Coups de botte fouettés, coups de boule explosifs, double castagnage poumons-thorax, les morts-vivants passaient un sale quart d'heure. Oliver, débarrassée de deux de ses ennemis, déclarés forfaits par K-O, se pencha tranquillement sur le dernier et l'assomma. Plaf.

Oliver était contente d'elle, légèrement euphorique. Ce combat l'avait remise en forme. Les zombies, décidément, étaient des brêles au corps-à-corps. La fée se dit que tout de même ça n'augurait rien de bon, toute cette histoire. Elle ramassa un Pompzejam, eut un dernier regard pour ses victimes et, un peu distraite, s'apprêta à sortir de la cave.

Une douleur à la main gauche la fit hurler. Une plaie, qui suintait déjà, courait à l'intérieur de sa paume. Un des zombies s'était relevé en douce et l'avait croquée. Il l'avait croquée ! Cloche à frites !

De rage, Oliver saisit son Pomp de la main droite et explosa trois cartouches dans la tête des zombies. Bam bam bam.

La fée déglutit une salive lourde comme de la lave.

Maintenant, en plus du Ralbilbol et du Parcifex, il allait falloir trouver un antidote. Sinon, en moins de trois heures, elle deviendrait zombie.

Chapitre 8
Partie de chasse

Il lui aurait fallu un Ralbilbol, un bon gros Ralbilbol pétillant de santé. C'était ce que se disait Eugénia en haletant, Diana à ses trousses. La géante était sur ses talons et, si elle n'avait pas l'agilité (loin de là) de la jeune humaine, elle n'en avait pas moins une enjambée monstrueuse, qui compensait largement. À intervalles réguliers, Diana s'enfargeait dans ses babouches et roule-boulait en faisant craquer prodigieusement le parquet. Eugénia gagnait alors un peu d'avance qu'elle reperdait dès que la déesse se remettait à courir. L'amiffe saisissait ce qui lui tombait sous la main, pied de lampe, bras de fauteuil, draps de bain, et le précipitait dans les pattes de sa poursuivante.

Eugénia, à court de solutions, remonta des escaliers inconnus quatre à quatre, et elle s'engouffra dans un couloir lugubre. Ça faisait un bout de temps que, sans doute sous l'effet de la panique, Eugénia ne reconnaissait plus rien de son environnement. Il lui semblait qu'elle tournait en rond depuis qu'elle était partie de la salle à manger où elle était attachée. Chaque fois qu'elle croyait débouler sur une sortie, de nouvelles pièces apparaissaient, qu'Eugénia n'avait jamais vues auparavant. Elle ne trouvait aucun moyen de se repérer. Cette demeure était un parcours d'obstacles toujours renouvelés, un gymkhana mortel, dans lequel elle ne pourrait pas survivre encore très longtemps.

Diana la rejoignit en haut des marches, une guirlande de Noël entortillée dans sa tiare pendouillante et un fer à repasser dans la main droite, le tout récupéré dans les éboulis créés par ses cascades successives. La déesse crachait comme une minoterie. Les deux mains en avant, elle geignait et hoquetait d'un rire sinistre. Eugénia était faite, plus d'issue. Diana s'approchait inexorablement. La jeune amiffe se décida à hurler, contre tout espoir :

– Oliver ! Oliver, je t'en prie ! Sauve-moiiiiiii ! !

Eugénia s'écroula finalement devant une porte noire, la main sur le loquet, impuissante.

– Oliiiiver ! Faiiis quelque chooose !

Eugénia sanglotait. Sa diction déraillait, s'enfargeait dans la terreur pure.

Diana, elle, avait repris son souffle et semblait tout à coup vouloir faire durer le plaisir. Elle s'assit même pas très loin d'Eugénia, sachant que la chasse était terminée. La proie était ferrée et consentait à mourir. La mise à mort viendrait en son temps. Diana souriait, sinistre. Elle se recoiffa, replaça ses bas.

– Ah ! Ah ! Tu ne me reconnais pas, fillette ?

Eugénia se redressa. Elle avait déjà entendu cette voix quelque part. Quelque part… dans un souterrain ! Le *Sortilège de Doute** !

– Geoffrey ? ?

Diana tourna vers elle son visage énorme et prononça d'une voix rauque, qui ne lui appartenait pas :

– Lui-même ! Je suis venu faire un tour. Voir comment ça se passait entre toi et… ma nouvelle amie. Quel véhicule, tu ne trouves pas ? ! On s'y perdrait, dans tous ces plis ! Un vrai Verro-Panzer, cette Diana !

Eugénia ne répondait pas. Elle ne trouvait rien à dire. La peur la clouait sur place.

– Je voulais aussi être bien sûr que tu disparaisses. On n'est jamais si bien servi… Tu connais l'expression.

* Voir *Eugénia et la bouche de la vérité*, chapitre 11, Le Sortilège de Doute.

Eugénia hocha la tête, tétanisée.

– Tu sais pourquoi, ma chérie ?

Diana se gratta la tête d'un geste vif. Dans ses yeux luisait une cruauté sans fond, greffée sur une physionomie qui n'en avait pas l'habitude, gonflée de haine comme une baudruche de chair et de sang.

Eugénia secoua ses boucles, les yeux aussi ronds que deux calots.

– Parce que ton père doit être le seul. Et qu'une fois qu'il sera le seul je pourrai l'éliminer et devenir le Détenteur. Tu vois, quand Phinée est morte, j'ignorais qu'elle me laisserait ce cadeau du ciel, un bébé, un Porteur légal que le Rituel admettrait. Hé hé ! Il est important, ce Rituel, tu sais, incontournable même. Une lignée de Porteurs a été désignée, il faut maintenant se plier à cette décision ancestrale. De leur côté, les Heures ont compris trop tard qui était vraiment ton père. Elles ont fait l'erreur de croire que la souche était éteinte. Lourde erreur ! Le Joyau est revenu à mon fils et elles n'y pourront plus jamais rien !

– Mais mon père… ?

– Maintenant, ton père me sert. Bientôt, il ne me sera plus d'aucune utilité. Je veux être le seul. Il doit disparaître, mais avant cela, je dois vous effacer, toi et ta mère. Vous êtes toutes les deux sur mon chemin.

C'est simple, non ? En gros, tu ne dois plus exister pour que le Joyau vernal me revienne, une bonne fois pour toutes, en tant que Régent absolu. C'est sans rancune particulière. Une simple formalité.

– Comment… comment autant de mal est-il possible ?

Le Renard se secoua tout à coup tel un pantin, animé d'une hilarité hystérique incontrôlable.

– *Sono il Diavolo ! Ah ah ah ! Sono il Diiiiavolo ! !*

Puis, brusquement calmé, il prononça :

– Quand ces ordures de Nornes m'ont rendu mon frère Arak* dans un sac en plastique, tu sais, j'ai perdu toute ma famille d'un seul coup. Démembré, décousu, martyrisé. Quelle pitié les Heures ont-elles eue à son endroit ? Comment peux-tu imaginer que je m'attacherais à autre chose qu'à vous détruire, toi et ta race ?

Eugénia, horrifiée, hurla :

– Où est papa ? ?

– Ah ! Ah ! Je ne sais pas si tu as véritablement envie d'en entendre parler, petite ! La seule chose que je peux te dire, c'est que (tu vas voir, c'est quand même amusant) sa tête est avec moi. Son corps ? hum…

*Voir *Eugénia et la bouche de la vérité*, chapitre 9, Les romans de Renard.

Le Renard, via Diana, eut un geste de magicien pour montrer le chapeau vide là où, quelques secondes auparavant, il y avait une colombe. Quand la déesse hantée fendit sa bouche d'un sourire tordu, Eugénia remarqua que de nouvelles dents grossissaient les rangs de sa mâchoire, des canines gigantesques.

Eugénia ferma les yeux. Une tristesse de vingt-quatre tonnes venait de lui tomber dessus. Il n'y avait plus ni rémission ni rédemption. Le Renard riait toujours.

– Sa tête chante, Eugénia, comme celle du poète ! Je n'ai eu besoin que de sa tête pour y accrocher le collier. Le reste ? Pourquoi s'en soucier ! Il faut S'A-L-L-É-G-E-R dans la vie ! Ce qui est vrai dans la vie est souvent vrai dans la mort, tu ne crois pas ?

Eugénia dodelina, soulevant sa peine, comme Maciste. Elle tenait, avant de mourir, à reconstituer une petite part du puzzle.

– C'est à ça qu'il vous a servi, l'or du Grouin ? À acheter le Joyau ?

Le Renard haussa les sourcils. Il paraissait sincèrement surpris par la question d'Eugénia.

– Non ! Tu n'y es pas du tout ! Qui pourrait acheter ce Joyau ? L'or du Grouin m'a permis d'acheter de nouveaux pouvoirs… Hin… Hin… Les pouvoirs nécessaires pour attaquer les Heures là où elles étaient. Il m'a fallu les détruire pour m'emparer de la Pierre. Trop longtemps ces vieilles pies m'ont éloigné de ma légitime omnipotence !

Le Renard eut dans l'œil un éclat de dictateur fou.

– Les Heures ont été détruites ? demanda Eugénia, complètement effarée.

– Nah nah nah ! Il est un temps pour parler et un temps pour mourir ! Cette fois, il te faut mourir de ta mort, j'en ai bien peur ! Maintenant ! Ici même ! Et pour toujours !

Déjà Diana relevait son gros corps. Ça y était ! C'était la fin !

– OLIVER ! ! !

Eugénia n'avait plus rien à perdre. Elle criait à en perdre haleine.

Diana leva le fer à repasser. Il devait peser une tonne, ce trucaffreux ! Ça allait l'écrabouiller en moins de deux ! Eugénia ferma les yeux au moment fatidique.

*
* *

Elle ne vit donc pas la tête du Renard quand, déboulé de nulle part, le gros Papag fit son entrée, dans le plus pur style King Kong. Poings magistraux tambourinant, poitrine gonflée, pectoraux au taquet, et surtout gueule épouvantable, tous crocs dehors. Le spectacle aurait fait fuir un régiment de tricératops. Quand Eugénia ouvrit les yeux, elle fut saisie par le spectacle hallucinant de Papag rebondissant sur Diana, dans un fracas indescriptible de planches, de plâtre, de bois et de métal.

La suite fut épique. Un combat titanesque débuta, où la rombière géante échevelée, défigurée de haine, se retrouva ventousée sous la pogne d'une peluche préhistorique. Eugénia se cala dans un petit coin, aussi discrètement que possible, éberluée d'assister à un dénouement pareil.

Au milieu du couloir, les combattants agrippés l'un à l'autre roulaient au milieu du désastre, dévissant dans leurs ébats les murs, les lampes, tous les meubles qui restaient de la maison. Le plancher céda d'un coup sec. Tout le monde se retrouva au rez-de-chaussée, couvert de poussière, sans que ni Diana ni Papag parussent le remarquer le moins du monde. Au bout de trente secondes, le couple en furie, à peine ébranlé par la chute, s'étreignait dans des décombres hachés menu. Eugénia, enroulée sous les tentures gothiques de l'étage du haut, se dégagea comme elle put, en essayant d'éviter les coups qui volaient.

Le corps-à-corps continuait à faire trembler les murs. Papag cognait comme un fou, et parvint à sonner un peu Diana. Se levant soudain, il prit le temps de reculer. Il s'adossa, comme un lutteur, sur un pan de mur à moitié tombé. Un grand cri de gorge lui sortit du museau. Eugénia comprit immédiatement qu'il ne ferait pas bon s'attarder dans le coin, que d'ici dix secondes ce serait Armageddon (dondaine). Filer dru, ça devenait vital. Papag, tel que ça se présentait, allait se jeter en mode torpille sur la mégère, et finir de démonter la baraque.

Le calcul d'Eugénia était bon. Papag, dans un hurlement, fonça sur Diana qui récupérait dans son coin du ring. Le Renard, s'il était encore là, devait morfler sévèrement. Cette simple pensée éclaira un peu le cœur enténébré d'Eugénia. Papag sauta les pieds en avant, façon catcheur fou. Diana le prit en pleine tête. Ce fut un carnage. Le choc fissura le plancher, scinda la maison en deux, littéralement, par le toit. Eugénia évita de justesse un lustre qui s'écroula dans un grand tintement de verre pilé. Diana, à terre, poussa à son tour un cri affreux et, caracolant sur ses jambes, entama une sorte de danse de primate en colère, frappa les derniers murs qui tenaient debout et, regonflée à bloc, fonça à son tour dans le tas de poils.

Eugénia s'extirpa tant bien que mal.

La maison était devenue une ruine fumante. Eugénia découvrit avec stupeur que cette maison, une fois à terre, paraissait avoir le format d'une maisonnette. Ce n'était plus du tout le labyrinthe inextricable qu'elle avait exploré à son corps défendant. Les tuiles rouges gisaient en un amas poudreux que le vent, levé brusquement, faisait s'envoler en longs tourbillons. Il n'y avait plus trace non plus de la ferme qu'Eugénia avait vue alentour, plus rien de l'enclos, plus rien des biches.

Autour d'eux, à présent, s'étendait une masse liquide infinie. La campagne n'existait plus, un coup de baguette l'avait remplacée par de l'eau à perte de vue.

Tous les trois, ils crapahutaient sur une île flottante, au milieu de nulle part. Un ramassis de planches, de poutres noircies, d'objets mutilés, devenu ligne de flottaison, radeau médusé glissant sur l'eau limpide d'un lac aux bords inaccessibles.

*

* *

– Arrêtez !

Eugénia tournait sur elle-même, bondissait comme un cabri sur les débris moulus de leur cabane. Elle venait de voir quelque chose qui changeait toute la donne, qui redistribuait les cartes du danger. Rasoir à mites ! Là ça y était : l'apocalypse en route, inarrêtable.

– Cessez de vous battre ! Vous ne voyez pas ?

Papag était couché en travers de Diana et ne la bastonnait plus que mollement. La mégère demeurait pensive sous les coups, un peu endormie. Ils tendirent lentement la tête vers Eugénia. À eux deux, ils ressemblaient à une chimère effrayante, entre une tarentule bleuâtre et un jambon de Bayonne en blouse à fleurs.

– Là ! Le... trou ! On va bientôt tomber !

Eugénia scrutait le large comme un vrai capitaine. Ses yeux étaient exorbités, ses cheveux soulevés par un vent puissant.

– Le... vortex !

Depuis cinq minutes, dans son agitation, elle cherchait le bon mot : vortex ! Ce tourbillon qui apparaît quand une baignoire se vide. Madame Persil, la prof de physique, les avait méchamment bassinés avec, au cours du premier trimestre.

Eugénia voyait au loin les bords d'une grande bouche d'eau se creuser. La bouche formerait sur la surface d'abord de petits frisottis innocents, puis des ondulations plus marquées, une véritable houle tournoyante, enfin un raz de marée. Eugénia savait déjà que la vague allait les kidnapper et les envoyer par le fond. Elle voyait tout cela depuis son promontoire. Quand elle se tourna vers Papag et Diana, ils dormaient, l'un sur l'autre, masse contre masse. Ils ronflaient ! Eugénia sursauta en écarquillant les mirettes. Ils trouvaient le moyen de dormir, eux, en pleine fin du monde !

– Réveillez-vous, moules à truites ! Il faut ramer ! Aidez-moi ! Aidez-moi !

Et déjà Eugénia, sans attendre de réponse, cherchait sur le rafiot ce qui pourrait faire office de pagaie. Elle farfouillait avec ardeur quand soudain un léger tremblement souleva la surface de leur île. On aurait dit que la vague les posait sur un plateau, telle une vulgaire pizza trois fromages. Eugénia frémit de la tête au pied. Le tour de manège allait commencer.

D'abord, ce fut plutôt lent, mais pas imperceptible. L'île se mit à se déplacer selon une trajectoire difficile à cerner. Puis, pas longtemps après, le radeau géant bifurqua pour décrire une courbe ovoïdale sur les eaux du lac et commença à prendre de la vitesse. Eugénia, prise de panique, courut vers les deux combattants. Ils étaient complètement affaissés, aussi lourds et inaccessibles que s'ils avaient été drogués. Elle tambourina contre la fourrure du gros King Kong, secoua la coiffe de la rombière géante. Rien à faire. L'île déjà se penchait dangereusement. L'amas de cochonneries amoncelées sur le « pont » chavira, dans un fracas assourdissant. Eugénia se retint à un bout de mur encore accroché au sol, qui se retrouvait presque à l'horizontale à cause de la force de Coriolis.

L'eau bouillonnait de toute part, l'écume frissonnante aveuglait la pauvre Eugénia, complètement lessivée et abasourdie. La vitesse projetait des jets glacés, comme autant de balles tirées d'un fusil.

Eugénia poussa un grand cri quand la maison-île, réduite à une peau de chagrin, craqua encore un coup et se fissura de tout son long. Elle s'accrocha du mieux qu'elle put à un mât de fortune. Au milieu des éclaboussures, du roulis diabolique, elle eut tout juste le temps de repérer Papag et Diana, toujours inconscients, qui s'éloignaient à une vitesse folle sur leur bout de biscotte, ce qui leur restait de terre ferme. Ils disparurent de son champ de vision aussi vite que des protons en plein big bang.

Eugénia se trouvait maintenant sur les bords d'un abîme terrifiant. La bouche était grande ouverte, charriait des tonnes d'eau, cristalline, écumante, qui fouettait le visage, lacérait les membres perclus de fatigue d'Eugénia. La bouche allait l'avaler. Elle allait avaler TOUT. Aussi sûr que les cerises ont des noyaux. Aussi sûr que les boucs ont des cornes. Aussi sûr qu'Archimède avait raison.

Alors Eugénia, pour la seconde fois ce jour-là, ferma les yeux pour attendre la mort. Elle sentit à peine le radeau s'enfoncer dans le trou d'ombre.

L'eau du lac tout entier s'engloutit à son tour dans l'horrible bruit de succion d'un évier qui se vide.

Chapitre 9
Le crépuscule des fées

– *Les images que nous vous montrons, chers téléspectateurs, ont de quoi glacer les sangs. Nos reporters sont tous sur la brèche pour vous offrir le spectacle effrayant de l'ouragan gigantesque qui a frappé l'Europe, l'Afrique et l'Asie. Tous les météorologistes s'interrogent sur cette vague sans précédent de pluies diluviennes. Aucun d'entre eux n'a été en mesure de prévoir ce désastre. Toutes les grandes villes de ces continents sont durement touchées : Moscou est ensevelie, Rome est en ce moment soumise à un déluge incessant, Paris barbote littéralement, toute la Grèce est en état d'urgence…*

Magda surgit tout à coup. Elle avait la tête des mauvais jours de Philémon. Elle claqua violemment la porte en entrant dans la chambre de la maman. Comme elle le prévoyait, Vadim était scotché à la télé, posé comme une huître sur son pain de seigle, les yeux en rondelles de citron.

– … *Nous attendons les images de nos correspondants à Bombay, Bakou, Tel-Aviv et Addis-Abeba…*

– Dis donc, je ne te dérange pas ? Tu n'as pas eu mon message ? Le Renard va revenir d'une minute à l'autre et toi tu…, tenta d'intervenir Magda avec aigreur.

– CHUT ! Tu ne vois pas qu'il se passe des choses !

L'infirmière en resta bouche bée. C'était trop fort ! Avant qu'elle pût râler davantage, Vadim lança :

– Va voir par la fenêtre, guidon rhombique !

– Ne me parle pas sur…

– Va voir, te dis-je !

Vadim ne l'avait même pas regardée ! Il dodelinait, hypnotisé, devant le petit écran, où un journaliste échevelé, cravate au vent, micro mouillé, sourcils en broche, débitait des propos incompréhensibles.

Magda serra les poings. Elle marmonna un truc peu amène et se tourna vers la fenêtre. Les rideaux étaient tirés. Elle contourna le lit où dormait Agnès, les appareils électriques qui mesuraient son pouls, et les ampoules de produits nutritifs. Le beau visage de la maman était empreint de douceur. Magda eut un regard pour elle, soupira puis, d'un coup sec, tira les voilages.

Cornette à fruits !

Une douche épaisse, un véritable rideau de pluie rigolait le long des vitres. À perte de vue, des trombes d'eau dévalaient, lavaient les trottoirs, s'abattaient sur les toits, sur les passants, sur les jardins. Magda se retourna vers Vadim, profondément effarée :

– Vadim… Qu'est-ce qu…

– Écoute !

– *Il semblerait que les épicentres de ces catastrophes se situent aux pourtours de certaines zones volcaniques majeures. Le mont Elbrouz dans le Caucase russe, l'Auvergne en France, la Sicile, le Scartaris islandais sont pour la plupart des volcans éteints, mais il apparaît clairement que les pluies se déversent particulièrement au-dessus de ces endroits. Les trombes d'eau exceptionnelles, les dégâts considérables, tout cela inquiète à la fois les météorologistes et les politiques. Tous sont pris de court face à l'envergure de…*

Les bras ballants, Magda s'était mise à écouter le journaliste hirsute, et elle n'en croyait pas ses oreilles.

– *Le plus étonnant reste encore à évoquer. Les scientifiques sont surtout partagés au sujet de la nature de cette eau, qui ne ressemble en rien à un liquide connu. La texture, la composition apparaissent comme une énigme pour…*

Magda comprit d'un coup. Ses épaules s'affaissèrent et ses sourcils dessinèrent une virgule compressée d'angoisse pure.

– Est-ce que… Est-ce que c'est ce que je crois ?

Vadim se détacha lentement de l'écran. Il paraissait abattu au-delà de toute expression. Il se contenta d'abord de hocher la tête, les yeux remplis de larmes. Puis il parvint à émettre un « oui » étouffé par la tristesse. Philémon se sentit pris d'un vertige, le cauchemar le plus absolu venait brutalement de remplacer le réel.

– Tu… tu y as goûté ?

– J'ai prélevé un échantillon pendant ton absence. C'est bien cela. C'est l'eau des Heures* qui se… qui se répand.

– L'eau lustrale du Bain sacré ?

– Aucun doute possible.

– Gayanée… Je… Cette eau, ça veut dire que… c'est le pays des fées qui se déverse sur le pays des hommes. C'est ça ?

Vadim baissa les yeux et frissonna. L'émotion tendait l'atmosphère de la pièce comme un arc. Aucun

* Les Heures gouvernent le pays des fées (ou pays nornien) depuis leur Bain sacré. Profondément endormies, elles communiquent par la grâce de la télépathie féerique.

d'eux n'avait le courage d'envisager ce deuil, cet incommensurable malheur. Au bout de quelques instants, Vadim répondit :

– Je le crois, oui.

– Ça veut dire que là-haut… tout le monde est… mort ?

– Ça… peut vouloir dire ça.

– Est-ce que ça veut dire que le Renard a gagné ? C'est lui, n'est-ce pas ? Il a le Joyau et il a percé les Baignoires vénérées…

– Je… Je ne peux pas croire…

Vadim et Magda se regardèrent, debout l'un en face de l'autre. Leur détresse était infinie.

– Est-ce que l'on doit se débrancher ? prononça Gayanée, la voix blanche, serrée par la souffrance.

– Non. Surtout pas. Viens contre moi. Dans mes bras humains.

Dans les bras de l'un l'autre, humains et *daemons* s'agrafèrent un court instant, un instant suspendu où leur douleur débordait.

Et ils scintillèrent à l'unisson pendant quelques magiques secondes, alourdies par la certitude d'une perte insondable.

*
* *

– Est-ce que l'on vous dérange ?

Sur le seuil de la porte entrouverte, le minois de Mélissandre souriait de son sourire habituel, un mélange de sérénité et d'espièglerie tout à fait caractéristique. Ses bijoux d'oreilles s'agitèrent et ses longues boucles noires s'ébrouèrent de petites gouttelettes amoncelées. Derrière elle, Didier, mèche en arrière gominée par la pluie, souriait lui aussi. La surprise qui se peignit alors sur les visages des deux infirmiers les déformait d'un rictus comique. Le tragique de la scène se dissolvait brusquement dans le vaudeville. Visiblement, on se méprenait chez les humains.

Le couple Vadim-Magda poussa un petit cri simultané. Ils se détachèrent promptement de leur accolade. La jeune infirmière essuya ses larmes et rajusta sa blouse. Philémon, en mode soucoupe volante, tâchait de rassembler ses esprits. Il les avait presque oubliés, ces deux ados-là !

– On peut repasser si vous voulez ? demanda gentiment la jeune fille, qui déjà faisait signe à Didier de rebrousser chemin.

– Non ! Vous êtes seuls ? PAS DE RODOLPHE AVEC VOUS ? s'emporta Magda, dégoulinante de sueur, le regard trouble des grands dérangés.

Magda avait crié malgré elle, ce qui ne devait pas arranger l'impression de bizarrerie de sa conduite. Mélissandre fronça les sourcils et croisa les bras.

– Non, en effet. Il avait prévu de nous accompagner, mais il ne s'est pas présenté au rendez-vous. La pluie l'a découragé, faut croire. Mais quel est le sens de votre question ?

Philémon, à l'intérieur, s'accrochait comme un fou à cette nouvelle donne. La réunion mortelle avec Geoffrey n'était qu'ajournée. Il leur restait une chance dans cet imbroglio mortel ! Il fallait continuer de penser vite et bien, pour sauver encore ce qui pouvait l'être. Sa partenaire, visiblement liquéfiée, avait besoin de son commandement comme d'une boussole dans la tempête.

– Les fées sont mortes, mais les humains sont encore vivants. Si le Renard a abandonné momentanément l'idée de tuer Agnès, il faut exfiltrer la maman maintenant, pendant qu'il en est encore temps.

Philémon avait parlé, via Magda, sans télépathie. Mélissandre et Didier écoutaient, médusés, les deux yeux en ogives de cathédrale. La jeune fille agrippa la main de Didier, le front plissé, les sourcils en cosinus. Elle chuchota un mot à son ami, tout en reculant prudemment vers la porte :

– Le Renard ? Des fées ? Ils sont tarés. Viens, on va prévenir la sécurité.

Magda se jeta sur elle.

– NON ! On va vous expliquer !

– On a très bien compris. Je vais prévenir les infirmières que deux mabouls ont investi la chambre d'Agnès.

Déjà Mélissandre tournait les talons, pilotant Didier vers la sortie. La panique joua un grand rôle dans la suite des événements. La solution apparut aux *daemons*, claire et limpide, puissante comme une roche dans un lance-pierres.

On les kidnappe ?

On les kidnappe !

Et en deux temps trois mouvements, Mélissandre et Didier se retrouvèrent assommés et saucissonnés en travers du fauteuil. Le temps des atermoiements était révolu. Il fallait passer à l'action et les deux humains devraient apprendre à obéir !

*
* *

– Bourre-les de boulettes !

– Vas-y doucement ! Les boulettes de clairvoyance, ce n'est pas pour les petits enfants.

– Tu as une autre idée ? Tu crois que ça m'amuse de faire ça ?

– Je ne dis pas que ça t'amuse, je dis simplement qu'il faut faire attention à ne pas les casser.

– Je ne les casse pas… JE FAIS EN SORTE QU'ILS ÉCOUTENT !

– NE T'ÉNERVE PAS ! TARTINE BEURRÉE, NE T'ÉNERVE PAS !

– Dites, on vous dérange ?

Mélissandre, toujours attachée, venait de parler, malgré son bâillon. Vadim et Magda se regardèrent, l'œil allumé. Ça avait marché ! Ils avaient réussi à connecter les deux humains à leur réseau !

– Ne parlez pas si fort ! J'ai un mal de tête de dinosaure !

Cette fois, c'était Didier qui parlait, transformé lui aussi en télépathe. Magda débita, sans plus attendre :

– Écoutez-moi, les jeunes. Il va falloir nous faire confiance. Je vous fais un topo rapide : Eugénia appartient par son père au règne des fées. Elle est poursuivie conjointement par une race de Mangeurs très hostile et par un Renard qui a tout du Diable. Nous sommes des *daemons*, des esprits bénéfiques au service des Passeurs, et nous avons hors de tout doute la conviction que l'individu prénommé Rodolphe qui s'est insinué auprès de vous dernièrement est un avatar humain du Renard. Il nous faut donc sortir Agnès de cet hôpital, pour la protéger des griffes de ses ennemis. Elle est notre seul espoir. Voilà. Est-ce que c'est clair ?

Mélissandre et Didier, sans piper mot, hochèrent la tête en cadence. Leur expression était un mélange d'effarement et de terreur.

– Si vous avez des questions sur un point obscur de mon exposé, nous nous ferons une joie d'y répondre en route…

Mélissandre se tortilla, au comble de l'affolement.

– Mais… mais… En route vers où ?

– Vers le domaine de Pepe !

Chapitre 10
Salé Pepe

Il fallut d'abord attendre que les boulettes de clairvoyance fassent complètement leur effet. Le coup de poker était audacieux, mais Philémon avait confiance. Ces deux humains possédaient deux ressources inestimables : beaucoup d'amitié pour Eugénia et un grain de folie considérable. Bien sûr, ils râlèrent contre les monceaux d'incohérences surréalistes débitées par Philémon. Bientôt, pourtant, ils ne purent que se faire une raison. Tout ce que disait le vieux mage était plausible, si on les arrachait aux pures catégories de la rationalité humaine.

Ainsi Mélissandre et Didier devinrent-ils des alliés éclairés dans le projet complètement fou des deux *daemons* : exfiltrer Agnès dans un ballot de linge sale et filer tous azimuts, direction la succursale de QG féerique, la Casa de Pepe. Cela donnait, en ordre déchronologique, le rapt de l'ambulance sur le parking de l'hôpital, la captation illicite et totalement télépathique de la signature des autorités accordant aux deux infirmiers le droit d'utiliser le véhicule, et l'enfouissement méthodique de la maman au fond d'un sac, et hop.

L'affaire avait été rondement menée.

*
* *

Les pneus de la camionnette crissèrent sur le gravier de l'entrée du monastère. En partant du centre hospitalier d'Alès (code région 30) jusqu'au petit moutier perché au sommet de la colline de Vézelay (code 89), il y avait presque cinq cent quinze kilomètres de route, que Vadim avait avalés en trois heures zéro sept, au terme d'un rodéo effréné. Remonter l'alphabet de A à V, ou grimper du code 30 au 89 en si peu de temps, avait été on ne peut plus éprouvant. Poussé à cette vitesse, le volant du pauvre fourgon dévissait dangereusement et les essuie-glaces partaient tout seuls.

Ils arrivèrent donc, bien secoués par le voyage, aux portes du domaine de la souris*. Pour y accéder,

*Voir *Eugénia et la bouche de la vérité*, chapitre 12, Week-end à Rome.

ils avaient fait grimper le van sur les collines d'Avallon, surplombant la vallée du Cousin, jusqu'à un petit édifice religieux caché dans les fougères, oublié de tous et dont les pierres avaient au moins mille ans.

Ils avaient faim, soif, ils étaient transis d'inquiétude. Phil n'avait pas cessé de guider le conducteur, tout en cogitant des méninges façon point de croix. La lutte contre le Renard venait de prendre un tournant crucial. Il s'agissait de ne pas louper le coche. La salle des machines de Pepe serait peut-être leur planche de salut.

– *Benvenuto, amici mei !*

La souris à longue moustache d'argent les attendait sur le perron en tendant ses petits bras potelés.

– Vous avez fait *buon* voyage, *si* ? *Ma !* Pourquoi vous faites ces têtes d'enterrement ? !

Magda claqua la portière et s'étira un petit moment.

– C'est pas mal ici, Pepe, ça ne vaut pas Rome, mais c'est coquet… Sois gentil, prépare-nous un Coriolan. Après, il faudra qu'on parle !

*
* *

– Mais qu'est-ce que tu me racontes là ?!

Pepe jeta un œil en direction du jardin. Sur des chaises longues, il avait installé en rang d'oignons Mélissandre et Didier, ravis de découvrir un paradis aussi extraordinaire au fond d'un monastère roman désaffecté et sirotant leur premier Coriolan, la maman arborant des lunettes noires, enroulée dans un châle transatlantique, ainsi que Magda et Vadim, épuisés, roupillant sec après leurs exploits, sous les rayons rasants du soir. En face de la souris, la petite lumière bleue de Philémon et l'étincelle rouge de Gayanée, débarrassés de leurs oripeaux humains, s'agitaient comme des lampions.

– La maman de la *piccola* Eugénia, elle va tenir sans les piqûres, les fils, les branchements ?

– On t'a ramené des infirmiers ! Regarde comme ils sont mignons !

– Arrête de plaisanter, Phil.

– Il faudra bien qu'elle tienne. C'est la dernière ligne droite. Le Renard n'aura de cesse que de la traquer. Ici, elle est plus en sécurité qu'à l'hôpital. À propos, tu as enclenché le bouclier ?

Pepe hocha le museau d'un air grave.

– Bien. Alors, cela veut dire que le Renard ne peut pas nous repérer. Je vais te laisser Magda et

Vadim, pour les soins d'Agnès. Tu as quelqu'un pour les hanter ?

La petite souris se gratta la tête.

– *Ma... si.* Ze dois bien avoir *due* pilotes automatiques. Et qu'est-ce que je fais des autres ?

– Les deux ados, je m'en charge. Gaya et moi, on va les utiliser comme véhicules.

– Même puissance que pour les infirmiers ?

– Non, on va juste percher en eux.

Pepe haussa les épaules et fit une moue qui signalait qu'il se pliait sans broncher à tous les caprices de son boss.

– Pepe, j'ai besoin de ta salle boulotronique. Elle fonctionne ?

– Qu'est-ce que tou dis, que Pepe fait pas bien son boulot, c'est ça ?

Philémon, ragaillardi, clignota d'enthousiasme retrouvé.

– Que tu es susceptible ! Réjouis-toi plutôt, j'ai peut-être une chance de localiser le Renard ! Et si j'y parviens, je retrouverai la trace d'Eugénia !

– *Ma !* Tou as touzours été un rêveur, toi !

La souris cligna de l'œil et, sans plus un mot, mena les deux étincelles tressautantes dans la fameuse « salle des machines ». On y accédait via un escalier secret, taillé dans une pierre millénaire et surplombé d'une Vierge folle.

Philémon, en voyant les tableaux multicolores clignoter dans la pénombre comme des attractions de fête foraine, eut un hoquet de joie, doublé d'une larmichette phosphorescente. Au centre, martial, imposant, trônait un gigantesque Boulotron.

– Va me chercher les deux ados, je vais avoir besoin d'eux. On a un Rouquin à écrabouiller !

Chapitre 11
Porkie City, terre de contraste

Cette plaie avait vraiment une sale tête. D'ailleurs la main ressemblait maintenant à un gant de base-ball vert tout dépiauté. Oliver, rien qu'à la regarder puruler, avait des hoquets de nausée. Saleté de zombies ! Elle consulta les nuages. Il ne lui restait plus que deux heures trente et des poussières avant de devenir comme eux.

Ne serait-ce que pour rejoindre les Champs-Débinés, par beau temps, il fallait au moins quatre heures en partant des bouges qui bordaient le frigo. Si Oliver continuait à pied, elle allait se transformer en zombie avant même d'arriver aux Betteravières. Or, dans ce paysage de désolation post-tsunami, elle ne pouvait compter sur aucun appareil électrique efficient. Des brouettes gisaient çà et là, des roues sans essieu, des charrettes à foin versées dans des fossés, des boucliers volants hors d'usage. Il n'y avait aucun moyen de locomotion utilisable à des kilomètres à la ronde. À perte de vue s'amoncelaient des montagnes de déchets industriels, de fils barbelés enroulés en pelotes branlantes, un bazar d'armes et de métaux lourds fumant… Il aurait fallu bricoler pendant des heures pour en faire quoi que ce soit de valable. Sa main la lançait. En fait, c'était tellement douloureux que ça lui faisait l'effet de se faire peler la main à vif comme une banane. La fée caressa l'éventualité de la couper une fois pour toutes.

Oliver continuait d'avancer en mode Terminator dans cet immense terrain vague retourné à la bétonnière. Prise d'un accès de rage, elle balança un coup de pied dans un tas de ferraille rouillée qui traînait sur le sol. Le tout s'écroula dans un fracas de cymbalum disloqué. Ce n'était pas le truc le plus malin pour rester *undercovère*. Mais la fée n'en avait cure. Elle était tout sauf *undercovère*. Les zombies qui rappliqueraient seraient accueillis comme il se doit, à coups de Pompzejam.

Aveuglée par une fièvre qui faisait bouillir son sang, Oliver s'accrochait à son instinct de survie comme à un très ténu fil d'Ariane. Toute sa vie, elle avait bravé les dangers les plus horrifiants. Mais cette mission avait un sens particulier. La rencontre avec Eugénia avait déplacé bien des lignes, entre son sens du devoir et sa tendresse particulière. Elle ne savait même pas si la gamine en avait réchappé. Si ces corbeaux de malheur avaient fini par la… Oliver secoua son crâne pour ne pas voir les images qui s'y profilaient. Si Eugénia était encore vivante, il fallait la rejoindre, l'aider à tout prix. Oliver se sentait responsable de la petite amiffe. La fée serait morte pour elle, ça oui !

Mais en attendant, elle refusait de mourir comme cela, dans un fossé mangeur, transformée en créature décérébrée, sa destinée de soldat d'élite fichue aux poubelles d'un bidonville pour zombies.

Oliver s'écroula. Elle ne pouvait plus marcher. La fièvre clignotait dans sa poitrine. Elle toussa violemment, vomit une tasse d'eau verte. La fée, accroupie sur un tas d'ordures, fut à deux doigts de désespérer, deux doigts verts et purulents.

*
* *

Oliver dormit sans doute quelques secondes, juste le temps de recharger un peu ses batteries. Elle se réveilla en un sursaut. Elle venait de recevoir un signal. Les communications télépathiques fonctionnaient de nouveau.

– *Oliver ! Oliver ! Ici Philémon ! Je répète, ici Philémon ! Si tu es là, vieille branche, envoie-nous un signe ! Oliver !*

Oliver borborygma, exténuée, mais tout à coup remplie d'une allégresse indicible.

– *Cloche à frites !*

La fée entendit des cris de joie de l'autre côté. Elle ajouta tristement, pour elle-même :

– *Je suis là, mais pas pour longtemps.*

– *Où es-tu, Oliver ? Je capte ta position sur le Boulotron en plein milieu des bouges du Grand Frigo. La machine doit se tromper.*

– *Le Boulotron ne se trompe pas. J'y suis, bloquée à mort, j'en ai peur. Le Boulotron ne voit pas un moyen de transport quelconque ? Je me suis fait croquer la main... Faut que je rejoigne les Bureaux... Là-bas, j'aurais peut-être un antidote...*

Oliver entendit le silence que son annonce avait provoqué.

– *Croquée, ta main ? Par des zombies ?*

Oliver ne répondit pas. La fièvre l'avait reprise. Philémon tricotait des méninges. Il fallait trouver un moyen de locomotion à Oliver. Le *daemon*, flanqué de Gayanée, cherchait comme un fou. Il était aussi assisté par Mélissandre et Didier, archicois, subissant leur initiation aux affaires féeriques dans le silence le plus recueilli.

– *Oliver ! J'ai trouvé ! Oliver ! ?*

La fée s'était rendormie, pour un mini-somme involontaire. Phil, qui connaissait bien les effets des poisons morts-vivants, sut qu'Oliver était déjà en phase de transformation avancée.

– *OLIVER ! Arrête de dormir ! ! Il y a un Verro-Panzer à cinq blocs !*

Oliver secoua les épaules, prise d'un frisson. D'une voix faible, elle ânonna :

– *Un Verro-Panzer ? Il était bien caché, fouine à bois ! Guide-moi !*

Philémon cherchait à garder le contact. Mais Oliver avait de plus en plus de mal à répondre. La fermentation toxique qui bouillonnait dans son sang la faisait régulièrement décrocher. En fait, la fièvre suivait une courbe sinusoïdale : Oliver alternait entre les phases affreusement *down* et les phases de quasi-normalité.

– *Punaise, Phil, il est infesté de MV*, ton panzer ! Dans mon état, il vaudrait mieux que je les évite, mais si je*

* MV : mort-vivant.

ne peux pas faire autrement, alors je vais foncer dans le tas. À propos, tu sais aussi pourquoi tout a l'air balayé par une vague géante, ici ? On dirait qu'un tsunami a tout dévasté… Il y a des cadavres de Minotaures à tous les coins de rue. Seuls les zombies ont eu l'air de résister. Et pour cause…

Philémon hésitait. Au moment d'attaquer des zombies pour récupérer un char d'assaut et partir à la conquête des Bureaux Vampires, il fallait avoir le moral solide comme du béton armé. Il commença une phrase qu'heureusement Oliver interrompit. La fée fonçait sans plus réfléchir sur le groupe de pauvres zombies qui zonaient autour de l'engin.

Les interlocuteurs de la fée entendirent un cri du genre : « À l'abordage ! » prononcé manifestement par Oliver. S'ensuivit une mêlée sonore, entre les glouglous terrorisés des MV, les décharges du Pompzejam, le bruit des baffes et des crânes qui explosent. Cela faisait un drôle d'effet. Mélissandre et Didier étaient très impressionnés. Elle avait une patate du tonnerre, cette fée-là !

Oliver héla un fuyard et l'alpagua par le collet :

– Avant d'aller te terrer, tu vas me dire où je pourrais trouver l'antidote à la cochonnerie de venin qu'un de tes petits copains m'a inoculé en me mangeant la main.

Il y eut un gargouillis d'étranglement. Philémon et les autres étaient pendus à ses lèvres.

– RHââhAhAhââ… RHââhAhAhââ RHââhAh-Ahââ…

– Tu es sûr ?

– RHââhAhAhââ…

– *Philémon, tu as entendu comme moi ? Philémon ?*

Personne ne répondit. Chez les *daemons*, on mesurait ce que cette saleté de MV venait de dire. D'abord que Robert le Verrat avait disparu, énorme scoop. Puis que les Bureaux, déjà malmenés par la Vague, avaient été mis à sac par les survivants. À ce que disait le zombie, un gouvernement provisoire vampire s'était installé, immédiatement contesté par les rescapés du Conseil Minotaure.

Les Minotaures et les Vampires se faisaient donc la guerre, à présent que le pouvoir central ne les tenait plus en laisse. Les deux clans n'avaient jamais pu se supporter, ce qui se passait là n'était pas une surprise. Pour Oliver, cela avait des implications stratégiques. Il allait falloir choisir entre louvoyer, jouer à l'espion invisible ou bien passer en force façon bulldozer. Dans tous les cas, il y aurait du pain de châtaigne sur la planche.

– *Le temps presse. Je dois monter dans le Panzer. Tu*

me guideras. Envoie-moi des ultracris si je m'endors, d'accord, Phil ? C'est un vieux machin. Modèle Fouinard 3007. Je me branche aux transpiro-transmetteurs.

Oliver, à qui les réflexes aiguisés par des années de conditionnement au combat servaient de guide, s'installa dans le cockpit transparent rose du Verro-Panzer. Elle pitonna sur le tableau de bord, et la magie opéra. De rigide et froid, le matériel de bord devint souple et ductile. Tout comme le Boulotron (même technologie fée), l'appareil semblait s'éveiller organiquement, palpiter sous les doigts de son utilisatrice. Oliver, bien calée, sentit des courroies lisses et roses glisser sur ses bottes et sa robe, s'insinuer sur tout son corps avec la patience sensuelle d'un serpent.

– *Je suis opé. Quel est le plus court chemin vers les Bureaux ?* dit la fée, harnachée dans un réseau de fils vibrants qui semblaient respirer d'une vie propre.

– *Tout droit ! Avance vers les Champs, via les Jardins suspendus de Betteraves.*

– Je me mets en route.

Là-dessus, Oliver cria un mot bizarre, dans la fameuse langue qui ressemblait à du swahili, et le Verro-Panzer se mut. Il glissa sur les débris tel un aéroglisseur délicat et poudré, traversa le champ de ruines du ghetto zombie et entra dans la ville haute par les Betteravières.

Oliver eut le désagréable privilège de constater que les champs de légumes sacrés avaient été sauvagement retournés. Les cultures, jadis étagées sur d'adorables rayonnages flottant dans les airs, renommées comme une merveille dans les Cinq Royaumes, avaient été saccagées, intégralement détruites. Les Grands Betteraviers, prêtres pontifes de la Tubercule, gisaient au milieu des fanes, la robe souillée, la tiare de travers.

La fée n'avait pas le temps de se désoler pour cette perte culturelle irrémédiable. Elle devait rejoindre les Bureaux, coûte que coûte, là où l'antidote était produit, dans les Verro-Labos.

La fée, qui luttait contre le sommeil mortel du poison, reprit sa route, en changeant de braquet pour atteindre la vitesse maximale. Sa main verte n'était plus du tout utilisable et elle pendouillait lamentablement comme un morceau de viande putréfiée à un crochet de boucherie.

– *Je vais où maintenant ?*

– *Toujours tout droit.*

Chapitre 12
Au-dessus du volcan

Qui aurait pu dire combien de temps Eugénia était restée inconsciente ? Qui aurait pu lui expliquer ce qui lui était arrivé ? Séquestrée par Diana, presque assassinée par le Renard, sauvée in extremis par un Papag herculéen et tout à fait mystérieux, avalée par une vague géante, la pauvre avait bien du repos à rattraper, et bien des questions encore à poser.

Courbaturée, moulue, trempée surtout, de la tête aux pieds, Eugénia s'éveilla, bercée par le roulis d'une barque. Comme d'habitude, elle se retrouvait au milieu de nulle part, sur une eau inconnue, flottant comme un fétu, précieux et vulnérable.

Il faisait jour. Un soleil splendide cuivrait la mer, la pailletait d'or. De grands rochers de pierre noire, haillonneux et superbes, sortaient des flots. En arrière-plan, comme posé sur le plateau de l'eau, se dressait le chapiteau terreux d'un volcan. Une odeur de soufre saturait l'air, mêlée à celle des embruns et des fleurs jaunes de la côte.

Eugénia se releva à demi. D'abord, elle constata que son crâne la lançait férocement. Ensuite, elle vit que l'eau dont elle était imbibée était rien moins que collante, lourde et un brin nacrée. Cela ne ressemblait pas à un liquide connu. À côté d'elle, il y avait un tout petit coffre, travaillé dans un métal gris somptueux. Eugénia lut sur le minuscule fermoir de la boîte : « Présence des Nornes. À n'ouvrir que sur la Terre ferme. »

La jeune fille refoula un sanglot. Elle n'avait pas envie de penser aux Heures, la douleur était encore trop fraîche. Elle jeta un œil à l'horizon et se dit tout haut :

– Est-ce que je suis chez les humains ?

Elle soupira, la gorge serrée :

– C'est beau !

Elle demeura ainsi, silencieuse, à contempler le paysage, assise au fond de sa barque, pendant quelques minutes. Elle rendait grâce, la petite Eugénia, elle s'émerveillait, devant ces montagnes noires, devant ces flots scintillants, d'un bleu pur, sous ce soleil radieux, de vivre encore, de revoir ce qu'elle aimait tant, de retrouver, après toutes ses aventures, ces terres humaines qu'elle chérissait et qu'elle croyait ne devoir jamais plus regagner.

– *Signorina ?*

Eugénia détacha son regard du paysage, très lentement, les yeux pleins de larmes. Elle articula, comme dans un rêve.

– Ah, on est en Italie ?

Elle parlait à un jeune marin, tout brun de peau et de cheveux, torse nu, couvert de sel et coiffé d'un magnifique bonnet rouge. Il était arrivé dans sa chaloupe de pêcheur de *mupe*.

– *Si ! Vulcano !* dit-il en pointant le volcan.

Ils se regardèrent. Le garçon ne le savait pas, mais c'était le premier regard humain qu'elle croisait depuis des jours. L'envie de craquer sous la joie et la tristesse l'étreignit.

– Vous êtes perdoue ?

Eugénia d'abord ne comprit pas. Le garçon répéta, en s'appliquant. Il regardait la jeune fille d'un air interrogateur, en ouvrant de grands yeux noirs pleins de douceur.

– Dans mon bateau, montez, *signorina*. Je vais vous amener sur la terre ferme.

Eugénia regarda autour d'elle.

Un peu sonnée, elle s'enquit le plus naïvement du monde :

– Mais où est la terre ferme ?

Le garçon se gratta la tête :

– Chez ma *nonna*… ma mémé… Au-dessus du volcan !

Eugénia fronça les sourcils.

– Comment ça, au-dessus du volcan ?

– Si ! Ma mémé a oune cabane, au-dessus du *piccolo vulcano morto*… à côté du grand qui fait la foumée… Tu dois venir.

– Est-ce que j'ai le choix ?

Le pêcheur parut réfléchir.

– Pas tellement ! Il n'y a plous personne par ici. Tous les secours sont à Palermo. Tu as faim ?

Le ventre d'Eugénia gargouilla bruyamment.

– Disons que oui.

Et elle grimpa, très affaiblie, avec l'aide du marin, dans son embarcation.

– N'oublie pas *la tua casseta*, hum ? dit-il en lui tendant la boîte au fermoir mystérieux.

– Je m'appelle Eugénia.

– *Mi chiamo Dante.*

– Très…

Et Eugénia s'endormit, au milieu de sa phrase, sans autre forme de procès.

*
* *

Elle se réveilla dans des draps de lin bistre. C'était une sensation très douce, qui ne l'encourageait pas à ouvrir vraiment les yeux. Une odeur délicieuse d'herbes fraîches, de levure et de jambon cru lui titillait les narines. Il y avait aussi des effluves de lait chaud. Elle se sentait très bien, tout simplement. Elle décida que, pour quelque temps encore, rien ne pourrait lui arracher cette miette de bien-être absolu.

Quelques minutes plus tard, Dante arrivait dans la chambre, les bras chargés d'un plateau colossal rempli de victuailles incroyablement appétissantes : des tartines de fromage de brebis, des figues, de la confiture de prunes et de courge, des œufs au lard. Un vrai festin ! La jeune fille se redressa, comme montée sur un ressort.

Dante regarda Eugénia se régaler. Il penchait la tête d'un air doux, son visage dégageait une expression lumineuse et pure. Il souriait.

- Tou avais faim, hum ?

Eugénia, barbouillée de figues mûres, rougit violemment. Elle offrait un spectacle de gloutonnerie lamentable. Elle regarda attentivement son jeune sauveur.

– Tu ressembles à quelqu'un que je connais. À quelqu'un qui m'est cher.

Ce fut au tour de Dante de ressentir de la gêne. Il baissa les yeux d'une manière charmante.

– Ah oui, répliqua-t-il, visiblement touché. La *mia nonna* voudrait te voir… ajouta-t-il en changeant de sujet.

– Ta grand-mère ? demanda-t-elle, la bouche pleine. Où est-elle ?

– Elle est là.

Eugénia sursauta. Devant elle se dressait une matrone tout en cheveux, construite comme une barrique, noire de partout. Elle arborait un air pas commode et une moustache de soudard. Eugénia, en voyant cette femme, se demanda avec horreur si elle était vraiment en sécurité dans cette nouvelle maison, si elle n'était pas tombée une fois encore dans la gueule du loup. La terreur la suivrait donc partout où elle irait ? Eugénia se cala dans le fond du lit, les deux yeux ultrécarquillés.

– On m'appelle Lupa. La Louve. Personne ne m'appelle, d'ailleurs. Pour les humains, je n'existe pas.

Eugénia ne trouvait rien à dire, figée qu'elle était dans sa panique. Ratibois de Vincennes, quelle voix terrible ! Et quels poils !

– Je ne te veux aucun mal. Je suis une amiffe. Comme toi. Et comme toi, je lutte contre le Renard.

Eugénia ouvrit la bouche, mais ne parvint pas à articuler une seule parole. En ce qui la concernait, elle n'avait pas le sentiment de lutter contre qui que ce soit. Elle avait plutôt l'impression de subir diverses phases, désespérément répétitives, d'un scénario d'assassinat. La Louve dardait toujours sur elle un regard de braise.

– Les eaux lustrales qui s'abattent sur le pays humain sont celles qui ont coulé du Bain sacré des Heures. Tout est mort en pays fée. Les survivants sont comme toi. Ils errent sur la Terre, sans comprendre ce qui leur arrive. Ils ne pourront plus jamais revenir. On peut descendre, mais on ne peut pas remonter. Tu saisis ? Ce qui est vrai pour toi est vrai pour le Renard. Ses avatars peuvent voyager, mais sa personne est coincée sur Terre, autant que nous le sommes désormais.

Lupa marqua un temps de pause pendant lequel elle tira une longue bouffée de sa pipe de maïs. La pièce s'emplit d'une douce odeur d'eucalyptus.

– La Vague a détruit une partie des Cinq Royaumes, et les Mangeurs ont subi d'immenses pertes. Sur Terre, Mangeurs et Passeurs vont devoir trouver leur place. Il leur faudra composer avec l'humanité. Le Renard veut te tuer pour accomplir le Rituel. À vrai dire, ta mort fait partie du Rituel. Je peux t'aider à contrecarrer ses projets. Qui sait ce qu'il accomplira encore s'il parvient au pouvoir suprême ? Qui sait quelles cibles seront les siennes, si personne ne se dresse devant lui ?

Lupa prit entre ses trois doigts secs le petit boîtier gris qui scintillait.

– Qui t'a donné ce coffret ?

– Je... je ne sais pas ! Je l'ai trouvé dans la barque...

– C'est un cadeau des Heures. Pour toi. C'est un cadeau très, très précieux. Pour une raison ou pour une autre, avant de mourir, elles ont compris l'erreur qu'elles avaient commise en cherchant à te pourchasser. Elles veulent t'aider, même après leur disparition. Tu ne dois pas l'ouvrir. Quand tu seras sur la Terre ferme, les clés qui se trouvent à l'intérieur te guideront pour vaincre.

– Je ne suis pas déjà sur la terre ferme ? Dante avait dit que…

– La Terre ferme est le nom du repaire du Renard. Les Heures t'y appellent. Sans doute Geoffrey s'apprête-t-il à y consommer sa trahison.

Lupa pointa son doigt vers Dante.

– Il va te donner ce qu'il te faut pour survivre, et il te mènera là où tu as besoin d'aller. Il est… comme mon fils. Je l'ai formé dans l'espérance de ce moment. Son cœur pur sera ton fil d'Ariane. En attendant… tu vas te reposer ici pendant quelques jours. J'interrogerai ton avenir quand tu auras repris des forces.

Sur ce, la vieille fée saupoudra Eugénia d'une poussière bleutée toute scintillante.

La jeune fille, aussitôt, retrouva ses forces, fut lavée, peignée, habillée (une petite robe mauve à volants qui ne lui plaisait pas beaucoup), et finalement totalement réparée. L'ancêtre, déjà, s'apprêtait à partir. Eugénia se leva, faisant presque voler le plateau qui trônait sur ses genoux.

– Mais j'ai besoin d'aide ! J'ai des tonnes de questions à poser ! Savez-vous comment va ma mère ? Savez-vous où se trouve Oliver ?

La Louve se retourna lentement.

– Ta mère est en de bonnes mains. Quant à Oliver, elle est morte, chérie. Compte sur toi-même.

Puis elle ajouta, avec un sourire horrible :

– Nous nous reverrons sous peu. Alors tu devras partir pour affronter le Renard. Tu es la seule, Eugénia, la seule qui reste.

Chapitre 13
Cochon qui se dédit

Oliver piquait du nez. Dans cet état de narcolepsie putride, elle avançait sans ralentir dans les ruines de Porkie City. Elle avait quitté le ghetto et naviguait à présent dans les anciens beaux quartiers de la ville. Les palais de la nomenklatura verrine gardaient toute leur stature, aux angles droits aiguisés et aux gargouilles intimidantes. La fée traversait sans trop les voir des alignements de bâtiments d'apparat, gros cubes martiaux bâtis dans un béton magiquement irisé. Cependant, la Vague, quand elle avait déferlé, avait charrié un certain nombre de détritus, qu'elle avait déposés dans les endroits les plus incongrus. Cela donnait à l'atmosphère lugubre de ce spectacle de désolation et de solitude un petit air surréaliste. Çà et là, on pouvait voir des chaises sur les toits, des gazinières pendues aux fenêtres, des caleçons vampires en berne au front des palissades. Des algues pourrissantes pendouillaient aux façades.

Tout à coup, le Verro-Panzer s'enfargea dans une sorte de nid-de-poule géant. Oliver, brusquement arrachée à sa torpeur empoisonnée, poussa un cri.

– *Boule à mites, Philémon, vas-tu me dire ce qui se passe ? !*

– *Tu es tombée dans un trou.*

– *Je suis au courant ! ! Les sangles du Fouinard me fouaillent les cuisses et le thorax, je peux plus bouger d'un micronième d'iota ! Je te demande pourquoi des trous gigantesques jonchent les allées des Champs-Débinés. Est-ce qu'un tsunami a frappé récemment les côtes de Porkie City ? !*

– *Désangle-toi au plus vite, je vais t'expliquer.*

Philémon et les autres entendirent via le Boulotron les bruits d'extirpation et de désanglage, suivis de trois ou quatre jurons gluants.

– *Je suis à découvert, le Verro-Panzer est inutilisable. Il est complètement rétamé.*

Philémon ne dit rien. Il se sentait coupable. Il avait rêvassé une seconde de trop et cette erreur venait de leur coûter un Verro-Panzer. Oliver, à peine sortie de l'engin, s'écroula bruyamment. Elle s'était évanouie.

– *Ah ! Oliver, tiens bon ! Tu es proche des Verro-Labos ! Relève-toi, cet endroit est dangereux !*

Philémon jeta un œil sur le Boulotron. Quatre Minotaures arrivaient par les tours Nord. Glouspe. C'était la fin. Ils allaient voir le Verro-Panzer échoué, remarquer la fée répandue à même le sol et la dézinguer façon puzzle. On ne pouvait pas s'attendre à une once de miséricorde de leur part. Tout ça par sa faute ! Sur l'écran souple numérique, les clignotements ennemis se rapprochaient. Oliver demeurait inconsciente. Cette fois, elle ne se réveillerait pas, à moins d'un miracle. Tout le monde dans la salle boulotronique retint son souffle.

Les quatre Minos baguenaudaient en échangeant une canette de Coriolan. Ils devisaient, pouffaient, secouaient nonchalamment leurs cornes. La moquette de leur poil était clairsemée. Les sabots, immenses, paraissaient avoir poussé trop vite. Ils n'avaient pas encore d'anneau accroché aux naseaux. Phil en conclut que c'étaient de jeunes recrues. Mais il ne fallait pas s'y tromper. Même si ces cornus n'étaient pas complètement finis, ils étaient armés jusqu'aux dents. Oliver était fichue. D'ailleurs, elle était de plus en plus verte et dormait dur comme de la roche, en boule, sur un tas d'ordures.

Il n'y avait plus rien d'autre à faire qu'attendre, dans un état de terreur totale. Les sabots se rapprochaient. Ce qui devait arriver arriva. L'un des monstres repéra l'engin.

– Oh ! Les gars ! Un Verro-Panzer !

Les cornus poussèrent des cris de joie.

– Le chef va être content de nous ! s'exclama un grand roux aux cornes inégales.

– Oh oui ! Il nous pardonnera peut-être pour l'incendie de la caserne ! répliqua un autre, le front constellé d'acné juvénile.

Les quatre gloussèrent et, immédiatement, se mirent en tête de soulever le Panzer. Ils marchaient, piétinaient à côté de la fée sans la voir ! Il y avait tellement de détritus, partout sur le sol, qu'Oliver passait inaperçue. Les jeunes Minos avaient des airs de déménageurs de piano. En deux temps, le Verro-Panzer fut sur ses chenilles.

– C'est bon, les gars, on rentre à la base. Il ne faut pas qu'on se fasse repérer, ce coin est bourré de Vampires.

Justement, sur le Boulotron, Philémon vit scintiller à quelques mètres une patrouille de dentus. Quatre Vampires se profilaient. Le clash était inévitable, mais pour l'instant les Minos ne s'en doutaient pas. Ils étaient trop occupés à se congratuler sur leur exploit. Oliver, elle, gisait toujours dans un recoin malodorant. Un sabot la heurta. La fée mâchonna une protestation et se rendormit aussitôt. Le jeune qui l'avait écrabouillée, tout surpris, s'exclama :

– Eh, les gars, il y a une vieille madame verte qui dort échouée près du Panzer… !

Avant même que les autres cornus aient pu comprendre ce qu'il disait, les Vampires les interpellèrent. L'ambiance était très Montaigu versus Capulet. Toute l'attention portée à Oliver s'évanouit aussitôt. Les uns et les autres se regroupèrent autour de leur leader, en se toisant férocement.

– Alors, les caves, maman vous a permis de sortir ?

Celui qui parlait était une grande asperge d'ado vampire, malingre, blafard et mal coiffé.

– Vous ne savez même pas vous en servir, bande de microbes, ricana un autre Vampire, qui flottait dans sa cape, en pointant le char d'assaut.

– Ah ouais ?

Soudain, alors que personne ne s'y attendait, une voix retentit, un timbre mâle, ultra-viril, de Taureau arrivé à maturité.

– On s'amuse bien, les biquets ?

Arrivant de nulle part, une autre patrouille, constituée d'une dizaine de cornus, s'était plantée devant les ados, au beau milieu de leurs élans de jeunes coqs. Ce fut la douche froide, le coup de sifflet qui sonne la fin de la récré. Les grands Minos transportaient une artillerie lourde, roulaient des muscles et chiquaient d'un air désabusé.

Le chef décocha une œillade méprisante aux pauvres monstres adolescents qui lui faisaient face. Il ajouta, en crachant un jet de chique :

– Tassez-vous ou ça va faire du vilain.

Sur ce, il beugla un ordre en swahili et les Taureaux matures se mirent en cercle autour du Panzer. Le tableau ressemblait à une réunion de Rambos. Les ados rebutés comprirent que leur tour était passé, en voyant jouer les pectoraux des gros balèzes. C'était rageant. Ils en étaient réduits à regarder les grands cornus s'affairer autour de LEUR panzer. Vampires et Minotaures, brusquement raccommodés par l'injustice et l'humiliation, se jetaient des regards de chiens battus. Ils attendaient, les bras ballants, sans se décider à quitter les lieux. Les adultes, eux, les ignoraient aussi totalement que s'ils n'avaient jamais existé.

*
* *

Ce fut à ce moment que la scène bascula vraiment. En se penchant, l'un d'eux « découvrit » Oliver. Contrairement à son prédécesseur inexpérimenté, celui-là comprit immédiatement ce qui se tramait. La boulette verte était une fée. Et de la fée, même verte, même racornie, même malade, ça se bouffait, sans une seconde d'hésitation.

– Eh, regardez ce que j'ai trouvé par terre !

Le Minotaure n'eut pas le temps de faire de l'esprit. Au même instant, il reçut, tout comme ses acolytes, une bordée de jets de hache laser. Le rayon le rasa si près du crâne qu'il en perdit son mohawk.

En effet, avait déboulé, sans crier gare, une escouade de Vampires, attirés par le Panzer comme par de la chair fraîche, décidés à en découdre par des voies non pacifiques. Ils étaient sept, cape au vent, tous crocs dehors. Ça promettait de taper dur.

La castagne débuta, dans un tumulte ahurissant. Une fois encore, Oliver fut oubliée aussi vite qu'elle avait fait surface.

Les ados décampèrent. Les matures, eux, s'éparpillèrent derrière tout ce qui pouvait leur servir de planque et se mirent immédiatement à se canarder de pruneaux lasers. Les cornus bombardaient les dentus de gigantesques gousses d'ail explosif. En retour, les Vampires répliquaient avec des tirs de revolver à cheveux blancs.

Le chef Mino envoya une roquette au poivre, qui dispersa (et extermina) une partie de ses assaillants. Le camp adverse, du moins ce qu'il en restait, sortit de son chapeau une grenade à diffraction fractale. Cinq ou six Taureaux sautèrent comme des lardons dans une poêle à frire. Restaient les chefs et deux soldats. Ils eurent au même moment la même idée, ils tentèrent une sortie pour surprendre leurs adversaires et se jetèrent les uns sur les autres. Le combat au corps-à-corps débuta. Les Minotaures encornaient, les Vampires croquaient, tous s'imbriquaient, ce fut un spectacle d'épouvante inconcevable.

Au total, au bout de dix minutes à peine, il ne resta plus un combattant debout. Les valeureux soudards s'empilaient en un ramassis de cornes et de canines, de sabots et de capes en peau de chauve-souris.

Oliver, elle, dormait toujours.

*
* *

Philémon et Gayanée, maintenant que le chemin était miraculeusement déblayé, envoyaient des ultracris, à fond sur le champignon. Il fallait réveiller la fée pendant qu'il en était encore temps ! Quelle ne fut pas leur surprise de découvrir, sur le radar du Boulotron, une petite silhouette courte sur pattes, une forme dodue et replette, qui s'avançait en trottinant vers le corps flasque de la fée. Elle poussait une brouette et avait un gros nez de cochon.

Les *daemons* la virent s'approcher, médusés, et faire glisser doucement ses minuscules pieds fendus au milieu de la scène de tuerie.

– *C'est qui, branche à beurre ?!*

– *C'est Gargou, Gargou le fou.*

La *daemonette* resta sans voix. Pendant ce temps, le cochon chargeait la fée et l'emmenait tout droit vers les Verro-Labos.

*
* *

Oliver se réveilla, couchée dans une brouette, au milieu des éprouvettes et des tubes d'expérience. Face à elle, la grosse face de Gargou souriait affablement de son sourire débile. Tout autour, il y avait la blancheur éclatante d'un laboratoire immense, complètement vide. Les grandes baies vitrées, maculées çà et là d'algues moisissantes, réfléchissaient une lumière radieuse, mouchetée de brun.

Oliver n'était plus verte, n'avait plus de cernes sanglants autour des yeux, ne présentait plus aucun signe de rigidité cadavérique. Ses bottes étaient bien en place, sa jupe aussi. La fée avait retrouvé sa forme initiale, autrement dit, elle était vivante. Sans être parfait, le visage d'Oliver paraissait reposé. Même les écailles du museau semblaient avoir disparu. La main croquée était comme neuve. Cependant, pour ceux qui la connaissaient du temps de sa splendeur, la comparaison était cruelle. On était passé de Brigitte Bardot à Pitoune Lambda, et la chute était rude. L'absence de tignasse donnait en revanche un petit air rock and roll. Ça ficha un coup au *daemon* de voir son idole ainsi déchue. Pour l'heure, il fallait s'accrocher au plus important : l'antidote avait fait son effet.

Gargou gloussait en tenant dans sa main potelée un flacon de potion. Oliver se tâta le crâne. Il y eut un court silence, puis elle maugréa :

– *Il me faut une perruque.*

– *Oliver ! Tu es sauvée ! !*

– *On dirait, oui. Qu'est-ce qui s'est passé ?*

– *Ce serait long à raconter… Mais on a eu très peur. Tu as failli te changer en MV. Te souviens-tu de ta main croquée ?*

Oliver ne répondit pas. Elle se souvenait très bien. La douleur avait disparu, mais les traces étaient profondes. Il lui faudrait beaucoup de temps pour faire taire la colère qui grondait dans ses veines. Devant elle, Gargou piétinait gentiment.

– *Oliver ? Tu es là ?*

La fée enchaîna, très sombre :

– *Où est Eugénia ? Pourquoi tout est dévasté ici ? Je veux des réponses. Mais avant, je vais coller une baffe au cochon qui se tortille devant moi.*

– Mais…

Il y eut un bruit de plat de main appliqué violemment sur le haut d'un crâne. Philémon soupira.

– *Tu te sens mieux ? Il t'a sauvée, tu sais.*

– *Il m'a FICHUE DANS CE FRIGO !*

– *Oliver, si Gargou ne t'avait pas enfermée là-dedans, tu aurais été emportée, toi aussi. Sa… bévue t'a sauvé la vie, admets-le.*

Oliver se tut. Elle observa le cochon, pitoyable, qui se tenait la joue en essayant de ne pas chouiner. La fée grommela :

– *Disons que c'est pardonné. Ne comptez pas sur moi pour dire merci.*

Gargou papillota des cils, en signe de reconnaissance. Il se risqua à dire :

– Je vous ai sauvée pour aller avec vous sur la Terre des humains. Mon frère y est. Je veux que vous m'accompagniez.

– Tu ne manques pas d'air, cochon ! Je vais te… te… !

La fée était cramoisie, brusquement, mais elle ne trouvait rien à dire. Gargou repapillota, en ajoutant à son arsenal de persuasion un regard de Bambi tout à fait convaincant.

– Les Minotaures et les Vampires vont me tuer si je reste dans cet endroit.

Phil intervint.

– *Écoute, il faut revenir sur Terre de toute façon. Le Renard rôde. Il a disparu pour mieux revenir, c'est sûr. Emmène Gargou, il faut faire alliance avec Robert. C'est notre seule chance.*

Philémon s'interrompit. Il lui restait la tâche la plus ardue à ses yeux. Il fallait qu'Oliver apprenne enfin ce qui s'était passé pendant sa « mort ». Le vieux *daemon* savait que la réaction de la fée allait être plus que radicale et il en craignait les conséquences.

– *Maintenant, je vais t'envoyer les informations que tu me réclames, sous forme de télégramme boulotronique. Je ne peux pas te le dire moi-même. Je suis désolé.*

En un éclair, Oliver fut littéralement percutée par

le message. Elle apprit tout ce qui s'était passé durant son absence, depuis la fonte du Bain sacré et le déluge, jusqu'à la défection de Diana et la disparition d'Eugénia.

Olivier, qui s'était levée de la brouette, faillit s'écrouler sous le poids qui venait de lui tomber dessus. Elle posa un genou à terre et ne dit rien. Pendant un long moment, le silence fut plein à craquer du seul son de sa respiration. Puis la fée poussa un cri puissant, qui fit se dresser les cheveux sur la tête à tous ceux qui l'entendirent. Une fois debout, elle prononça ces mots, qui achevèrent de glacer l'assistance médusée de cette scène :

– *Il ne me reste plus rien. Il ne me reste plus que le Renard. Ce sera lui ou moi, désormais. Philémon, indique-moi le chemin vers la prochaine Bouche.*

Le cochon, parfaitement à contretemps, avança ses lèvres grasses et prononça d'un ton mielleux :

– Souhaitez-vous reprendre possession de votre Ralbilbol ?

La fée se retourna vers lui, les sourcils circonflexes.

– Oui, bonne idée, donne-moi ça, tranche de cake.

Et elle lui arracha l'engin des mains. Pendant quelques secondes, elle le soupesa, le palpa. La fée le fit rouler autour de son doigt façon cow-boy, pressa la gâchette et tira dans un néon accroché au plafond qui explosa dans une gerbe laser éblouissante. À nouveau, Oliver fit rouler l'engin pour le ranger dans l'échancrure de ses bottes.

– À nous deux, Geoffrey, cloche à frites !

Au moment de sortir du labo, Oliver, qui traçait le long des comptoirs blancs, s'arrêta net. Elle pointa un tube d'un doigt glacial. Dans l'éprouvette, un homoncule à chapeau melon flottait dans un liquide amnio.

– Qu'est-ce que c'est que cela ?

Gargou haussa sournoisement les épaules.

– Une… expérience.

La fée retint une grosse baffe, au dernier moment. Et finalement, frappa à nouveau sur le crâne plat du porcelet, qui émit un son mat. Sans dire un mot, elle prit l'éprouvette sur la rangée du présentoir et la cala au fond de son décolleté.

– *Mais… Mais… Qu'est-ce que c'était, alors ?* demanda fébrilement Philémon.

– *C'est Magritte… Votre ami le cochon s'amuse à miniaturiser et à éprouvétiser les prisonniers.*

– Ce n'est pas moi, c'est Robert, je vous jure !

Et la fée disparut. Un petit cochon, radieux, trottinait derrière elle.

Chapitre 14
Stromboli (Fra Lupa lippue)

Eugénia sortit de l'eau et s'ébroua doucement. Elle était épuisée. Son corps et son esprit étaient brisés. Elle avait nagé, au milieu de la transparence, jusqu'à ce que ses forces l'abandonnent. Au dernier moment, elle avait rejoint la rive, renonçant in extremis à l'aimant des grands fonds. Mêlée aux flots amnio, la mer ondulait, placide et indifférente, de tous ses reflets irisés. Les rochers noirs, autrefois massifs et imposants, perçaient au ras de la surface. Eugénia, remplie d'angoisse, contempla ces pointes d'iceberg de pierre, qui disaient en leur langue immobile la fin du règne des fées. Le cœur serré, elle tâchait de reprendre le fil, de comprendre le rôle qu'elle avait encore à jouer dans cette tragédie sublime qui se déroulait sous ses yeux. Il fallait admettre une fois pour toutes la mort des Heures, et avec elles, la mort de ce monde qu'elles protégeaient autrefois. Mais alors, que faire ? De quoi pouvait se tisser encore le présent ? Si les fées avaient disparu, que lui restait-il ? Sa mère, ses frères, sa famille, ses amis ? Eux demeuraient, et toute l'énergie d'Eugénia devait s'employer à les sauver. Le Renard avait machiné un piège dont les dents la mordaient si cruellement… Il fallait pourtant poursuivre le combat. Sans doute était-ce le vœu d'Oliver. L'évocation de la disparition de son amie fit s'effondrer Eugénia. Elle fut secouée d'un long sanglot. Adossée au bloc d'ébène des parois volcaniques, entourée par la lame chatoyante de la mer, elle pleura longtemps sur le sort de ceux qu'elle aimait.

Elle sentit la main de Dante se poser sur son épaule. Il était arrivé derrière elle. Le garçon, dans le contre-jour, lui apparut comme une statue, dans toute sa beauté. Eugénia essuya ses yeux. Ils eurent en se regardant un instant de silence. Dante fut le premier à parler :

– Il faut partir. La Lupa dit que tu es prête. Le temps n'est plous pour le deuil. Le temps est pour le combat. Elle l'a dit.

– Que devons-nous faire, Dante ? Comment puis-je encore aider les miens ?

– La Lupa va regarder ton avenir, maintenant. Souis-moi. Elle te dira. Après nous partirons, tous les deux.

Eugénia ne protesta pas. Elle n'avait plus de forces pour cela. La barque de Dante était arrimée à un piton, non loin de là. Ils y grimpèrent, l'un après l'autre, comme des moines. La brise marine était emplie d'effluves sucrés, mais ni Dante ni Eugénia n'y trouvèrent le moindre réconfort.

Le garçon mena l'esquif jusqu'aux abords de la cabane de la Louve. Eugénia ne connaissait pas Venise, mais il lui semblait que ces îles avaient des airs de lagune. Depuis quelques jours, elle vivait là, avec eux. Dante venait la réveiller le matin, lui apportant chaque fois des provisions fraîches et succulentes. Puis il la conduisait au bord de l'eau et la regardait nager. Leurs paroles étaient rares. Il sentait que cette fille étrange, aux longs cheveux noirs, avait besoin de solitude pour panser ses blessures. Il la comprenait.

Ils entrèrent dans la cabane. Lupa les attendait, assise sur le petit lit aux draps de lin bistre. Elle souriait en faisant friser ses moustaches. Ses dents découvertes étaient pointues comme une rangée de couteaux. L'effet était hautement sinistre.

– Dante, ferme la porte !

Sa voix porta comme le tonnerre. Le garçon s'exécuta promptement. Les deux adolescents s'avancèrent dans la pénombre. Leurs pas faisaient craquer le parquet.

– Viens, ma petite, viens, mon enfant. Aujourd'hui, tu vas quitter ces lieux. Tu as assez pleuré. Tu as les forces qu'il te faut.

Eugénia regarda ses pieds. Elle ne voulait surtout pas mettre en doute l'omniscience de la sorcière, mais elle était loin de se sentir en forme. Elle soupira malgré elle.

– Tu doutes, je le sais. Le Renard le sent. Tu ne dois pas douter. Approche.

Eugénia hésita. Approcher, cela voulait dire se retrouver tout près de cette femme velue terrifiante. Un regard outrenoir de la Louve la convainquit de ne pas trop la faire attendre. Elle fit les quelques pas qui la séparaient de la magicienne, la bouche involontairement tordue de dégoût et de peur. Quand elle fut assez près, la Lupa l'attrapa par surprise. D'une clé de catcheur, la grosse dame envoya Eugénia sur le dos, paf, sur le lit. Aussitôt, la Louve la garrotta de ses bras puissants. Eugénia se débattit comme une diablesse, sans parvenir à faire mouvoir d'un poil la barrique. La sorcière n'accorda pas la moindre attention aux cris étouffés de sa victime et amena son museau tout contre le visage d'Eugénia. Elle commença par la renifler, la malaxant sans ménagement. Puis, accrochant son œil à celui d'Eugénia, l'agrafant globe contre globe, blanc contre blanc, elle fondit son regard dans celui de l'amiffe. Ce fut une transe, un embrassement monstrueux. Eugénia sentit le contact visqueux de la prunelle de la Louve contre la sienne, jusqu'à en être aveuglée. Aussi crut-elle s'évanouir. Mais alors que la mégère la serrait à l'en étrangler, suçant son œil tel un vampire, Eugénia parvint à lui attraper une oreille avec les dents, une oreille barbue qu'elle mordit avec l'énergie du désespoir.

Lupa relâcha sa proie en poussant un cri rauque. Eugénia, essoufflée, livide, se cala dans un coin du lit. Elle dardait son bourreau de son œil droit exorbité.

– Ça ne va pas bien ?

Elle ne trouvait rien de mieux à dire, tant elle était outrée. La Louve, de son côté, se contenta de grommeler. Devant tant d'indifférence, Eugénia se rebiffa tout à fait :

– Vous m'avez fait mal !

– Tais-toi. Tu as gigoté, le contact ne s'est pas fait

comme je voulais. Maintenant, c'est passé, je ne pourrai plus y revenir.

Le ton était sans appel. Eugénia se recroquevilla comme un boxeur. Elle ne savait plus ce qu'elle devait penser. La sorcière semblait méditer, sa masse s'affaissait, telle une motte de saindoux approchée trop près d'une manche à air. Sa toison noire était plus hirsute encore qu'à l'accoutumée, on aurait dit qu'elle était coiffée d'une tarentule géante. Dante, assis sur un tabouret, avait lui aussi l'air altéré. Ses yeux noirs brûlaient d'impatience et ses mains tortillaient nerveusement son bonnet rouge. Les cheveux noirs du garçon, libérés de son couvre-chef, flottaient en une longue tresse jusqu'en dessous de ses omoplates et se tordaient comme un serpent sur la braise. La jeune fille pesta, dans son for intérieur. Elle avait retrouvé son front d'insoumise. La Louve, brusquement, l'apostropha.

– Tu ne te morfonds plus, on dirait ? Tu me détestes.

Eugénia haussa les épaules. Si c'était une tentative pour bâtir un lien de confiance, c'était bien raté.

– Tu ne veux pas savoir ce que j'ai vu, dans ton œil ? Le petit bout de présent qui te manque et le petit bout d'avenir dont tu as besoin ?

Eugénia, engoncée dans sa vexation, mit du temps à saisir, mais quand elle y parvint, elle ouvrit grand la bouche, en signe involontaire d'épatement profond. Lupa partit d'un grand rire. Les murs tremblèrent. Ces fées étaient vraiment imprévisibles ! À un moment, elles vous écrabouillaient, l'instant d'après, elles vous ultracajolaient.

– Écoute-moi bien. J'ai vu le terrier du Renard. Tu devras suivre la route tracée sous le volcan… Le Renard a creusé son terrier au fond de la terre. Ce terrier, c'est LA TERRE FERME. C'est là que le combat aura lieu. Tu y ouvriras le coffret des Heures au moment qui te paraîtra opportun. Il y a de quoi, à l'intérieur, vaincre l'Ennemi. Dante sera avec toi. Il vous faudra empêcher le Rituel de s'opérer, coûte que coûte. Le Renard sait que vous approchez. Il vous attend. Sa faiblesse, c'est l'orgueil de sa race. Sa blessure, c'est la mort de son frère Arak, dans les geôles des Nornes. Tu n'auras pas d'autre solution, une fois en face de lui, que d'exploiter ces… fragilités. Laisse-toi guider par ton instinct. Vous prendrez la Bouche à Stromboli. Je convoquerai la fumée et elle vous guidera. Elle masquera votre odeur jusqu'à votre arrivée là-bas.

Eugénia secoua la tête, les sourcils froncés. À

l'évidence, les annonces de Lupa ne lui convenaient pas.

– Pfff, ce n'est pas clair, cette histoire… Tu comprends quelque chose, toi, Dante ?

Le jeune homme souleva doucement les sourcils et étira ses lèvres d'une moue patiente. Il avait retrouvé tout son flegme. La Louve reprit la parole :

– Tout deviendra clair bien assez tôt…

– Je récapitule. On prend le couloir du volcan et on suit le chemin sous la terre, jusqu'au Terrier. Là, on enfume le Renard et on le dézingue à nous deux. Je ne comprends peut-être pas tout, mais il me semble que ça fleure le plan kamikaze promis à un échec cuisant.

Eugénia avait décidément retrouvé son insolence native. La Louve jubilait, sans rien laisser paraître. La jeune fille, tout à coup, prit un chemin de traverse dans les explications, comme à son habitude.

– Tu as vu ma mère ?

– Oui. Elle va bien. Apparemment, elle n'est plus à l'hôpital, elle est avec un *daemon* et deux amis à toi, chez la souris Pepe.

Eugénia fronça les sourcils. Elle n'osait pas poser la question qui lui griffait le cœur. Est-ce que Didier et Mélissandre étaient tombés amoureux l'un de l'autre durant son absence ? Est-ce qu'elle comptait encore, dans le cœur de ses amis ?

La Louve sembla lire dans son cœur les ombres de sa jalousie et se mit à lui pétrir tendrement les épaules.

– Tu ne dois pas douter, Eugénia, surtout pas de tes amis.

La jeune fille baissa les yeux. Elle enchaîna, fixant toujours le sol.

– Dans le Terrier, mon père y sera ?

La Louve se troubla, elle parut avoir un frisson. Eugénia insista.

– Je n'ai pas très bien compris. Quand j'ai vu le Renard chez Diana, il m'a dit « comme le poète »…

– Sa tête tranchée porte le Joyau. Il repose, comme Orphée, sur le coussin des Messagers. Le sang de Phinée qui coule dans ses veines le rend Porteur légitime*. Geoffrey l'a démembré pour se servir de lui…

Eugénia faillit éclater de nouveau en sanglots. Tous ces mots, si tranchants, venaient s'aiguiser cruellement sur son cœur.

– Ne te décourage pas. J'ai vu dans ton œil que

*Voir *Eugénia et la bouche de la vérité*, chapitre 9, Les romans de Renard.

tu allais recevoir une aide. Tu n'es pas seule, Eugénia. Si tu n'avais pas gigoté comme une carpe, j'aurais pu voir plus loin. Maintenant, prépare-toi. Le Renard est puissant. Il te cherche. Il te faut le prendre de vitesse, et le surpasser en ruse.

– Lupa, dis-moi la vérité. Tu as vu la fin de cette aventure ?

– J'en ai vu les traces. Mais tout peut encore changer. Encore une fois, ne laisse pas le doute t'affaiblir.

– Est-ce que je te reverrai ? demanda Eugénia, très émue, en serrant le corps velu de toutes ses forces.

Lupa, qui connaissait les sauts de cabri de la petite amiffe, se laissa bercer un moment. Puis elle se détacha, lentement et solennellement :

– Au revoir, Pulchinella. Sois prudente, murmura-t-elle, les larmes aux yeux, en disparaissant vers la porte noire du fond.

*
* *

Les deux adolescents arrivèrent à Stromboli par le traversier, dans un climat on ne peut plus étrange. Ils avaient quitté l'île de Lupa dans la barque de

Dante. Un silence sépulcral les avait accompagnés. Après avoir accosté au point de rencontre habituel des bateaux-bus, sur une butte de terre noire posée au milieu de la mer, en plein nulle part, Dante avait installé Eugénia sur le mince talus du bord, puis, secouant une sorte de mouchoir dans les airs, il avait prestement réduit son embarcation aux dimensions d'un jouet de poche. Chtomp.

– Dis donc, tu cachais bien ton jeu ! Toi aussi, tu fais des tours de passe-passe féeriques !

– Il nous faudra la *barca* pour naviguer sur la fumée du volcan. Elle est mieux dans ma poche, pour l'instant.

– Tu la connais depuis longtemps, Lupa ?

– Elle est comme ma grand-mère. D'ailleurs, je l'appelle mémé. Elle m'a adopté quand j'étais petit. Mes parents humains m'avaient abandonné. Je lui dois beaucoup…

– Tu es humain, alors ? demanda Eugénia, sa curiosité sincèrement piquée au vif.

Ce garçon avait de quoi éveiller bien des questionnements, bien des attentions, se dit-elle en le regardant replacer gracieusement sa mèche noire derrière son oreille ronde.

Dante sourit. De la main, il désigna une forme

vaporeuse qui perçait, minuscule, dans le lointain. C'était le traversier.

«J'en saurai davantage plus tard», se rassura la jeune fille en laissant glisser ses regards sur le beau profil de son compagnon.

Ils embarquèrent. Eugénia posa son front sur la vitre de la cabine, et se mit à contempler le paysage. Dante, de son côté, discutait avec le batelier. Ils étaient trois seulement dans ce grand bateau. L'atmosphère avait des airs de lendemain d'apocalypse. Au loin, le cratère énorme crachait une fumée d'usine, épaisse et noire. Le panache tourbillonnait dans les cieux à la manière d'une Voie lactée teintée d'encre en suspension. Le chauffeur fulminait, dans un français approximatif:

– Le volcan, *signorina*, il s'est réveillé! *Mamma!* Comme si le délouge, c'était pas souffisant, hé? Les dieux s'acharnent sur nos îles, *bellezza*! Ils s'acharnent sur le monde!

À travers la vitre embuée, les deux adolescents regardèrent s'approcher la grande masse grise du volcan. Le spectacle, redoutable, les hypnotisait. La fumée qui sortait de la cheminée aux bords coulés semblait impénétrable, comme la barbe drue du Diable. Ce qui les attendait à l'intérieur avait de quoi glacer les sangs. Il fallait espérer que les dieux les oublient dans leur vindicte, le temps qu'ils se faufilent entre les griffes de la Bête.

*
* *

Du village et de la vie sur l'île de Stromboli il ne restait plus rien. Les flots avaient tout emporté. Une petite digue permettait aux bateaux d'accoster, à flanc de volcan. C'est là que le batelier les abandonna. Les deux adolescents le regardèrent faire machine arrière et prendre la direction de la Sicile. Ça y était, ils étaient bel et bien livrés, comme des enfants minoens laissés au seuil du Labyrinthe. Leur sacrifice servirait-il, au bout du compte ? Rien n'était moins sûr. Dante et Eugénia, spontanément, s'attrapèrent les mains. Ils restèrent ainsi à se regarder, les yeux pleins de tendresse, conscients de la gravité de cet instant. Et, d'un même élan, ils s'enlacèrent, sur un fond rougeoyant d'Enfer en marche.

– Viens, il faut monter avant la nuit.

– Tu as raison, dit Eugénia, tout émue. Allons-y.

Ils commencèrent leur route. Du sable volcanique, noir de jais, s'infiltrait partout dans leurs chaussures, leurs vêtements. Dante marchait devant.

Eugénia trébuchait, pestait, avançait comme elle pouvait. La montée était cruelle. Mais la constance de Dante lui donna du courage et, pas après pas, elle parvint à vaincre l'ascension.

Au bord du cratère, la fumée était si dense que Dante prit la main d'Eugénia pour la guider. Le risque était de se perdre dans le bouillonnement assourdissant de la cheminée.

– Où va-t-on, maintenant ? hurla Eugénia, presque à bout de forces.

– Regarde !

Dante, le visage radieux, lui montra une entrée dentelée, secrète, un peu excentrée, qui plongeait vers le fond du gouffre. Eugénia se cabra. Elle hurla, les cheveux dressés par la tempête :

– On ne passera jamais !

Dante s'était déjà approché du bord. C'était une crête creusée dans la roche, où un bras de la fumée noire et lente du volcan s'insinuait comme une coulée de lave. Lupa avait « suscité » magiquement la fumée du Volcan ! La nuée de la Louve s'envolait vers le ciel et glissait vers le magma, le fond de la terre. Cette fumée-là allait être leur ascenseur vers le terrier !

– C'est là, c'est l'entrée de la TERRE FERME ! répéta Dante, au comble de l'excitation.

Eugénia, abasourdie par ce chaos de vent, de suie et de fumée, vit l'adolescent sortir de sa poche un petit objet : c'était la barque. Il agita de nouveau le mouchoir, et zboing ! l'embarcation reprit sa taille normale. La barque flottait à demi dans le vide, prête à foncer dans le puits sans fond de la Bouche.

– Monte avec moi, ne crains rien !

– Certainement pas !

– Tu n'as pas d'autre solution ! Fais-moi confiance !

Eugénia ferma les yeux, tendit la main et grimpa dans l'esquif. Aussitôt, la barque piqua droit vers les abîmes. En un instant, il ne resta plus rien d'eux, que l'écho de leurs cris.

Chapitre 15
Du rififi au mont Elbrouz

Oliver posa ses bottes sur le sol pierreux du cratère. Son premier geste, une fois sur Terre, fut de vérifier que la fiole qu'elle tenait dans son décolleté avait résisté au choc de la descente. Magritte, minuscule, flottant en vrac dans le liquide amnio, esquissa un petit geste rassurant. La fée dessina sur ses lèvres un sourire adressé au garçon, puis se retourna pour contempler le paysage qui s'offrait à elle : des kilomètres de pentes émeraude, saupoudrées de neige, sillonnées de chemins terreux. Le soleil se levait. L'aurore flamboyante donnait encore davantage de solennité à cet instant. Pour Oliver, c'était le premier jour du reste de sa vie. La tristesse, mêlée à la beauté du lieu, avait un goût indéfinissable, à la fois sublime et déchirant.

Plus rien n'avait pu subsister du pays des Nornes. Du Lac mûr aux Bosphores célestes, les Royaumes passeurs avaient subi une destruction sans équivalent de mémoire de fée. Comment imaginer l'inimaginable, comment penser l'impensable ? Oliver ferma les yeux et vit défiler les images importantes de sa vie. D'abord celles de son enfance, dans un bouge serpent du ghetto des Hespérides, au milieu des petites rues dont elle sentait encore l'odeur d'osier et de goudron. Son entrée au service du Palais avait suivi de près l'assassinat de sa famille par une bande de Rongeurs automates qui semaient la terreur dans la région. Un messager des Heures était venu la chercher, dans sa grande voiture noire, à la sortie du funébrarium. Ses qualités exceptionnelles au combat avaient été remarquées en haut lieu et on lui offrait une place de choix au sein de l'Académie militaire. La fée sentait encore le froid du vent qui avait fouetté son visage, au moment de s'engouffrer dans l'imposante limousine, se rappelait son sentiment mêlé d'angoisse et de stupeur à cet instant. La petite Oliver avait rejoint les dorures du Palais, où elle avait pendant des années norniennes donné toutes les satisfactions, reçu tous les honneurs. Elle avait, au cours de ses missions, voyagé partout, elle avait connu les paysages les plus extravagants de beauté : les levers de soleil sur les monts Alcandre, le poudroiement de la lumière sur la mer de Safran, la transparence des cascades du pic de Stymphale… Elle n'en reverrait plus rien, car plus rien n'en restait. Mais l'odeur d'osier et de goudron la suivrait, où qu'elle aille. Elle serra contre son cœur la petite fiole et ravala ses larmes.

*
* *

Elle entendit un bruit de corps qui débaroule derrière son dos. Au terme d'une descente rocambolesque, le pauvre cochon arrivait tout schuss devant les pieds bottés d'Oliver. Levant un sourcil, la fée s'enquit de son état, non sans afficher un certain dégoût :

– Ça va, rien de cassé, cochon ?

Gargou marmonna et sourit péniblement.

Oliver enchaîna :

– On doit rejoindre Kislovodsk avant ce soir. On trouvera bien une petite *gostinitsa* sur placc. Ils servent du bon saucisson en Russie humaine, tu sais. Peut-être que tu pourras te reconvertir ! En route !

Gargou blêmit en entendant la fée, il se demanda si ses propos étaient sérieux. La descente l'avait éprouvé et il ressentait des vertiges à la pensée d'avoir à marcher trop longtemps dans ces montagnes inhospitalières. Heureusement, bientôt, il serait en sécurité auprès de Robert.

Le soleil dardait ses rayons à travers les crêtes, il était plus que temps qu'ils commencent leur randonnée. Oliver fit donc claquer ses talons hauts sur les chemins caillouteux et Gargou se mit à trottiner derrière, en ahanant.

Ils marchaient depuis au moins une bonne heure, quand ils entendirent le bruit d'une motocyclette qui arrivait par-derrière, sur le même sentier qu'eux. Oliver se retourna, intriguée. Elle eut juste le temps de se tasser, attrapant au passage le porcelet, pour éviter l'engin qui dévalait la montagne. C'était effectivement un deux-roues, du genre side-car ultra-pourri de l'ère soviétique, chargé comme un mulet d'adolescents mâles en goguette. Les gosses avaient dû camper au sommet et redescendaient à tout berzingue, le matin venu. Quand il vit la fille et l'homme cochon, le conducteur, un brin inexpérimenté, dévissa violemment. Le contenu du side-car se répandit sur la chaussée.

– Rien de cassé, les enfants ? demanda Oliver, dans un russe parfait.

Les gamins avaient l'air de trouver cela très drôle. Ils étaient même morts de rire. La fée les soupçonna d'avoir un peu abusé de spirt pendant leur virée sur les hauteurs.

– Hé, les gars, visez la poulette ! Super bien foutue !

Oliver flaira l'embrouille. L'un d'eux, échevelé, titubant, s'approcha d'elle. D'une insolence rare, il se retourna vers ses acolytes et déclara :

– Elle est super bien foutue peut-être, mais de près, on voit qu'elle a la tête pelée.

Oliver, vexée, assomma l'ado d'une châtaigne bien appliquée. Les trois autres se regardèrent, hagards. Au terme d'un mini-conciliabule, un garçon se lança au combat, à moitié flageolant. Cette fois, ce fut un kick qui l'accueillit. Les deux qui restaient filèrent à toutes jambes.

Oliver fit craquer ses jointures.

– Gargou, grimpe dans le side-car. Je sens que les humains qu'on va croiser par ici ne vont pas faillir à leur réputation.

Le cochon se percha sans moufter. La fée fit vrombir le moteur, tâta machinalement l'éprouvette et démarra en trombe Le petit porcelet en eut les oreilles soulevées.

*
* *

– Et pour, hum… mademoiselle, ce sera ?

– Des côtelettes.

Le cochon blêmit.

– Et pour toi, Gargou ?

– De… de la bouillie de sarrasin.

Le serveur nota la commande sur son calepin, plaça la panière et tourna les talons.

Oliver ferma les yeux. Ils étaient arrivés à la grande ville en moins de temps qu'ils ne l'avaient prévu. Attablés dans la cour crasseuse d'une auberge de banlieue, au milieu des tours, ils prenaient le temps de réfléchir à leur situation. (Oliver surtout, Gargou, lui, comptait les mouches.)

La fée hésitait à reprendre contact avec Philémon. Les communications télépathiques étaient sûrement sur écoute. Ils avaient pris un énorme risque en se parlant ainsi. Ils n'avaient pas eu le choix, certes, mais cela ne devait plus se reproduire qu'en cas d'extrême nécessité. Il lui fallait repérer la planque du Renard, l'endroit d'où il fomentait tous ses forfaits. C'était une question cruciale dans la mesure où tout portait à croire que le Rituel allait bientôt être opéré. Si le monde tenait encore debout, c'est qu'il restait un peu d'espoir.

Oliver mordit dans sa côtelette, totalement absorbée, sans se rendre compte que Gargou la tirait doucement par la manche.

– Monsieur… Monsieur…

Oliver sortit de ses pensées.

– Pourquoi tu m'appelles monsieur ?

Elle leva les yeux. Son dos se raidit instinctivement. Quelqu'un avait « éteint » l'auberge. Le serveur était figé en plein élan, les clients interrompus au milieu d'une bouchée ressemblaient à des statues de sel. Oliver eut un pressentiment. Ça sentait fort le coup fourré verrin. Et justement, devant elle, se tenait le *Kaiser* en personne, Robert *himself* !

Mougodio ! La fée faillit tomber de son siège. Le Verrat était apparu sans crier gare. Il portait, comme à l'accoutumée, son éternel complet vert bouteille, ses petites lunettes fourbes et son foulard de dandy. Seules ses moustaches de soie grises un peu longues et ses rouflaquettes mal taillées donnaient un indice de désordre dans sa tenue. Cette nouille de Gargou avait dû alerter son frère par un moyen ou par un autre pendant qu'elle avait le dos tourné.

– Bonjour, Oliver.

La petite voix flûtée du Verrat s'éleva dans le silence de l'auberge. Il avait gardé sa prestance, le bougre, malgré les épreuves. Oliver ne put se refuser un trait d'insolence.

– Robert ? Quelle surprise. Vous z'ici, seigneur Sviniouff ?

Le Verrat ne cilla pas. Son visage, sculpté dans une cire étrange, avait la puissance d'un masque. La fée fronça les sourcils, se demandant ce que cette rencontre au milieu de nulle part pourrait apporter de bon. Mieux valait rester sur ses gardes et ne pas trop faire la maligne. Surtout que l'aspect physique d'Oliver n'avait rien pour impressionner qui que ce soit, à ce stade. Le Roi-Cochon, faussement poli, se décida à répondre :

– Je suis ici en ami. Je viens… offrir mes services dans la lutte contre le… le…

– Le Renard ?

– Oui. Celui-là même, se reprit-il sèchement. Il m'a dérobé quelque chose qui m'appartient.

Oliver sourit de toutes ses dents.

– L'or du Grouin ?

Le Verrat esquissa un sourire forcé. Il fixait un point derrière l'épaule de la fée. La regarder en face était encore prématuré. Leur histoire commune était chargée de haine, rien moins que pacifique, et l'inimitié était encore vivace.

Gargou, de son côté, avalait méticuleusement sa kacha.

– On vous a bien informée. Il m'a pris bien plus encore en mettant la main sur le Joyau. Sa conduite est des plus… déplaisantes. Je suis à présent, au même titre que vous, un exilé sur la Terre. Il nous faudra vivre ici, pour toujours. Le vieux Pays n'est plus. C'est un fait. N'en parlons plus. Notre existence dépend, désormais, de notre capacité à coopérer. L'alliance que je vous propose vous est aussi indispensable qu'à moi. Mes ressources, pour être ponctuellement limitées, n'en sont pas moins substantielles…

– Ah ?

– Tout à fait.

Les deux ennemis de jadis se toisèrent. Ils faisaient chacun de leur côté un effort considérable pour ne pas déclencher l'irréparable.

– Substantielles comment, les ressources ?

Le Verrat se replaça sur son siège, bien agacé.

– Mon Chambello-Robot a réussi à localiser le Terrier. Ça vous parle, ça, éventuellement ?

Oliver demeura un instant soufflée. Le Verrat apprécia l'effet de son annonce.

– Je suppose que cette information va se monnayer. Je me trompe ?

Le Verrat leva ses sourcils hypocrites.

– Voici ma proposition : je serai le cerveau et vous le muscle. Je descendrai avec vous dans la cheminée. Votre Ralbilbol vous servira à me protéger. Et une fois là-bas, je veux pouvoir récupérer le trésor des Filles du Grouin. Ce qu'il en reste est à moi. Vous m'aiderez à le remonter.

– … Si on s'en sort vivants !

– Vous ne comprenez pas. Il faut déjà penser à l'après-Renard. Je suis un visionnaire et…

– … Et du coup, vous avez des visions, Robert.

– Ne prenez pas mes propos à la légère. Je connais les dangers que nous encourons. Ces dangers sont très, très conséquents. Mais je dois attirer votre attention sur ce fait. Si nous survivons, nous resterons sur la Terre. C'est là que seront nos territoires désormais. Et je compte sur vous pour comprendre l'intérêt de leur répartition, hum, hum… équitable.

– Ah ! Vous ne manquez pas d'air ! Je ne comprends pas comment vous pouvez…

– Je conçois votre étonnement. Mais si vous voulez bien regarder cette carte…

Le cochon lui colla illico un parchemin sous le

nez, un parchemin où se dessinait un planisphère. Le crayonnage était on ne peut plus clair. Le camp verrin couvrait les neuf dixièmes de la Terre. Fonds marins, grandes villes, montagnes, lacs, autoroutes. Tout y passait. Sur tous les continents. Oliver contempla le désastre.

– Mais les fées, que leur resterait-il ?

– Ça !

Le gros doigt pointa le pourtour méditerranéen. Oliver hurla :

– C'est tout ?

– Ce n'est déjà pas mal. Les fées sont presque toutes mortes, avec quoi voulez-vous peupler ?

– Et vous ? C'est pareil !

– Chut ! Je compte sur quelques alliés… humains. Je n'ai plus besoin des Vampires. Plus besoin des Minotaures. Les humains feront l'affaire.

Oliver soupira, complètement découragée. Il était inutile de lutter, pour l'instant. Elle se borna à dire :

– L'âme d'Agnès ?

– Je vous la restituerai. Une erreur regrettable, je le confesse. Il vous suffira de réinsérer cette fiche (le Verrat tendit à Oliver une planche de bois ouvragée*)

* Voir *Eugénia et la bouche de la vérité*, chapitre 2, Leprechaun ne fait pas le moine.

dans sa fente psychique. Le mascara vert pomme qu'elle portait a dû lui épargner des dommages trop importants*. Concernant votre ami Magritte aussi, je veux bien m'amender… Écoutez, il y a une trotte jusqu'au repaire. L'ascenseur est dans la cheminée de l'Elbrouz. J'ai réussi à me procurer un véhicule. En chemin, nous continuerons à parler. Mais le temps presse, j'en ai peur. Ne faites pas cette tête. Dans quelques heures, si tout va bien, vous retrouverez votre Joyau ainsi qu'un porteur adéquat, et moi je serai à la tête de la plus colossale fortune mondiale. Tout le monde sera content, vous verrez !

La fée articula fiévreusement :

– La seule personne digne de porter le Bijou a disparu. C'était Eugénia et elle est morte par ma faute.

Le Verrat se retourna vers la fée. Un éclat malin brillait dans son œil allumé.

– Si nous sommes encore là pour parler, c'est que le Rituel n'a pas encore eu lieu. Si le Rituel n'a

* Agnès, dans *Eugénia et la bouche de la vérité*, porte un mascara vert pomme qui se révèle magique. Ce produit est destiné spécifiquement aux humains initiés au monde des fées et aux dangers féeriques, il est porté habituellement en guise de protection contre divers types d'ensorcellement.

pas eu lieu, c'est que votre petite amie est encore vivante. CQFD. Vous, les muscles, moi, le cerveau. On y va ?

Chapitre 16
Mortelle randonnée

Dante poussait sur sa rame et faisait glisser la petite barque noire sur le long fleuve de fumée. Eugénia dormait, recroquevillée dans le fond de l'esquif. Le jeune nocher, depuis des heures, les faisait cheminer dans les entrailles de la Terre, à la seule lueur d'une fiole phosphorescente. De temps en temps, il contemplait le visage de la dormeuse, cela lui donnait du courage pour s'enfoncer, encore et toujours, dans ce paysage lunaire, désolé. La pénombre les enveloppait, créait des formes biscornues sur les parois du boyau interminable de la grotte. Chaque ombre semblait être une menace. Les stalactites et les stalagmites, verruqueuses à souhait, les escortaient comme les cierges d'un grand théâtre.

– Tou as bien dormi ?

– J'ai dormi longtemps ? fit la jeune fille en s'essuyant les yeux.

Dante ne répondit pas. Il aurait eu besoin de se reposer, lui aussi. Ses traits tirés et sa natte défaite en témoignaient. Eugénia acheva de s'étirer. Elle jeta un coup d'œil autour d'elle. Le panorama n'avait rien de rassurant. Depuis la descente à pic dans la cheminée secrète du Stromboli, pendant laquelle Eugénia épouvantée avait labouré l'épaule de son compagnon, ils naviguaient sur des eaux plus tranquilles, certes, mais tout aussi terrifiantes. Eugénia frissonna et se pelotonna dans le fond.

– C'est encore loin, tu crois ?

– *Ma*, peut-être pas ! On arrivera quand on arrivera, de toute façon. Et au bout, c'est le Renard qui nous attend, alors...

Eugénia soupira. Elle tâta machinalement le coffret des Heures.

– Tu crois qu'il y a quoi, là-dedans ?

– *Io no lo so, piccola principessa.*

Eugénia le regarda, fixant sur lui ses grands yeux noirs.

– J'adore quand tu parles italien.

Dante leva les sourcils, tout surpris. Décidément, cette fille était charmante. Plus que cela, elle était le charme incarné. C'était vraiment dommage de l'avoir rencontrée dans des circonstances pareilles. Vraiment dommage.

*
* *

La barque fit un arrêt brusque. Elle venait de heurter un rivage pierreux, une butée de terre. Le chemin continuait, sous la forme d'un tunnel archilugubre.

– On n'ira pas plus loin comme cela. Il faut descendre et continuer à pied.

– À PIED ? C'était prévu au programme, ça ?

Dante fixait le sol. Il semblait épuisé, et une sorte de désespérance plissait son visage. Eugénia n'osa pas prononcer un mot de plus. Il y eut un silence pesant, dans lequel elle discerna toute la détresse de son ami.

– En attendant, prends tes affaires. Il faut avancer.

À peine furent-ils descendus de l'embarcation, qu'une voix retentit, un long filet sinistre. C'était la chanson du Renard, la complainte en mode crécelle, la scie des nerfs par excellence. Eugénia la reconnaissait* !

*Voir *Eugénia et la bouche de la vérité*, chapitre 11, Le Sortilège de Doute.

Au même moment, le fond du tunnel s'illumina d'une teinte verte.

– On… on y est. C'est le repaire ! La TERRE FERME !

– Eu… Eugénia, sors le coffret ! Le combat ne devrait plous tarder ! Il va te parler, Eugénia, surtout ne l'écoute pas… Il faudra lutter, tu m'entends, comme je lutte en ce moment… !

Mais déjà Eugénia était aux prises avec l'Ennemi. Hypnotisée, elle écoutait les paroles atroces de la chanson :

– *Tu as confiance en lui, Eugénia ? Shhhhhh… Tu le connais, ce petit Italien noiraud ? Tu sais qui il est réellement ? Tu ne t'es pas demandé comment vous êtes arrivés si facilement jusqu'à moi ? Shhhhhh… C'est moi qui le guide, Eugénia… Shhhhhh… C'est mon espion… Tu le sais, n'est-ce pas ? Tu n'as pas cru cette vieille folle de Lupa… Ne me dis pas que tu as été assez sotte ? Viens, maintenant, donne-moi le coffret… Shhhhhh… Donne…*

Eugénia, en transe, prononça :

– C'est vrai ? Tu m'as trahie, Dante ?

Le garçon sauta sur elle comme un fou et la secoua de toutes ses forces. Il savait comment résister aux enchantements malsains du Renard, mais il se retrouvait démuni pour faire cuirasse à sa jeune protégée.

– Eugénia ?! Qu'est-ce qu'il te dit ? Je n'entends pas ! Tu ne dois pas l'écouter ! Il utilise le Sortilège ! Donne-moi le coffret, Eugénia ! Donne-le-moi maintenant ! Je vais l'ouvrir pour toi !

Eugénia s'écroula sur le sol, elle avait cédé au maléfice. D'un geste, Dante saisit le coffret et, le plaçant dans les mains de la jeune fille, l'ouvrit en guidant ses doigts.

Quarante-trois secondes plus tard, les gardes du Renard déboulaient et les emportaient au fin fond du labyrinthe pierreux de la Terre ferme.

*

* *

Eugénia avait reçu une grosse baffe d'un garde et se massait le menton. Elle s'était évanouie et s'était fait délester de son coffret en un set sec. Marmite à punch ! Ce qu'elle pouvait être gourde ! Elle était de nouveau tombée dans le piège du Sortilège de Doute, et maintenant, elle se trouvait toute seule dans une prison moisie du centre de la Terre. Où était Dante, à présent ? Où était le coffret ? Son précieux fil d'Ariane avait disparu à jamais. Elle fit le tour de la pièce. Pas de trace de quoi que ce soit d'humain. Elle était coincée à double tour dans une sorte de chambre dont les parois ressemblaient à de l'eau croupie. Elle s'approcha prudemment. C'était de la vitre, épaisse comme un cul de bouteille, qui ne laissait rien paraître du dehors. Elle s'écroula à même le sol et, les genoux dans ses mains, se mit à gamberger. Le Rituel allait sans doute commencer bientôt. Le Renard l'avait sous la main et il n'allait pas se priver de l'aubaine. Après tout ce qu'elle avait vécu, Eugénia avait compris qu'elle ne pourrait attendre aucune miséricorde de son grand-père. On viendrait la chercher pour la mener à l'abattoir et elle n'aurait plus aucune arme pour se défendre. Une fois débarrassé d'elle et de son père, le Renard n'aurait plus de frein à sa voracité. La fin du monde des humains se profilait. La fin du monde libre, en tout cas.

Elle en était là quand un grand soldat à museau allongé s'introduisit dans son alvéole.

– Lève-toi ! La Cérémonie est prête. Le *Boss* t'y convie. On ne discute pas.

Il accompagna ses propos d'une mini-taloche tout à fait gratuite.

– Hé ! Je viens de mon plein gré ! Inutile de me coller des baffes chaque fois que vous me voyez !

Le soldat haussa les épaules et poussa Eugénia vers la sortie.

*
* *

Eugénia fut conduite pendant un bon bout de temps à travers des couloirs creusés. Son maton marchait derrière.

Ils arrivèrent à la salle de la Cérémonie. La pièce avait la dimension d'un hall de gare, ou d'un Jeu de paume, illuminée de torches et de flambeaux, couverte de miroirs se réfléchissant les uns les autres. L'ambiance était baroque et terrifiante à souhait. Eugénia entra par une porte immense. Dans l'allée centrale, une foule se bousculait, hagarde. On entendait meugler un borborygme rien moins qu'humain. Eugénia, toujours aiguillonnée par le garde, fut bien forcée de s'y engager. Autour d'elle, se pressèrent immédiatement, sans la toucher d'un cheveu, les créatures qui formaient la masse grouillante des spectateurs. Tous, ils portaient une toge orange, éclatante, et un masque noir, un masque de Renard d'où brillait, par le trou des yeux, une intense lumière verte. La pauvre Eugénia sentait leur souffle sur sa peau. Sa peur était si brutale, si compacte, qu'elle paraissait palpable. À mesure qu'Eugénia avançait, elle distinguait mieux le fond de la scène. C'était un cauchemar, une vision infernale.

Sur un trône en bois brut, se tenait le Renard. Vêtu d'un magnifique costume couleur jaune d'or, il regardait la jeune fille en souriant. Au pied du siège, Dante était accroupi, enchaîné. On l'avait visiblement beaucoup battu, et sa paupière gauche était gonflée d'un hématome. Sa main pendait, brisée au poignet. À le voir ainsi, Eugénia eut le cœur serré d'angoisse.

À droite, un autel se dressait. « C'est là que je serai bientôt sacrifiée. C'est la table du Rituel », pensa Eugénia en tremblant. La pauvre claquait des dents au point de devoir se cramponner la mâchoire.

Dans le fond, il y avait encore une sorte de podium. Eugénia frémit. La tête de son père y respirait faiblement. Sur le cou et les épaules du pauvre corps démembré scintillait le Joyau.

Eugénia eut un mouvement de panique et voulut s'échapper en rebroussant chemin. Peine perdue, la foule des masques la repoussa violemment et la transporta, plus morte que vive, vers l'estrade maléfique.

– Bienvenue, chère enfant ! Je te vois enfin de mes yeux de chair, après tout ce temps perdu à ne te voir que par le trou de mes avatars !

Eugénia, pourtant au comble de la terreur, changea instinctivement de tactique. La fuite avait raté, restait la provocation. Le menton levé, elle débita d'une traite :

– Papag ne vous avait pas collé une pâtée, à vous ? Je vous trouve bien grandiloquent pour quelqu'un qui s'est fait botter le derrière par une peluche.

La foule gronda de mécontentement. Le Renard, piqué au vif, s'esclaffa.

– Insolente ? Profites-en ! Dans quelques minutes, le Joyau sera à moi. Puisque tu es venue jusqu'ici en me facilitant considérablement la tâche, je te tuerai moi-même. Alors plus aucun héritier ne pourra me disputer la Pierre du Printemps.

– Et vous serez Maître du monde ? Ben voyons ! Dans *James Bond*, le méchant se fait damer le pion à tous les coups, je vous avertis ! Votre spectacle est pitoyable ! Vous et votre vengeance à deux roubles ! Arak était un sombre minus imbibé et vous, vous n'êtes qu'un tyran pour boules à mites, un dictateur d'arrière-cour, un Napoléon de poulailler, vous n'êtes… vous n'êtes qu'un renard ! !

Eugénia jetait ses dernières cartouches et elle y allait fort. Provoquer ce saligaud de Geoffrey avant d'y passer pour de bon était son ultime recours, un baume bien dérisoire.

Chapitre 17
Laisse tomber les fées (kriss de Renard)

Le Renard eut subitement un regard fêlé. Saisissant un kriss qui pendait à sa ceinture, il poussa un hurlement et se jeta férocement sur Eugénia. Celle-ci, sentant le vent du boulet, s'écarta aussi vite qu'elle put. Elle se baissa, se tordant la cheville au passage, et réussit à éviter la lame de justesse. Déjà Geoffrey revenait à la charge. Cette fois, Eugénia, blessée, était à sa merci.

– Tu sais ce qu'il te dit, le méchant, dans *James Bond* ? Le Napoléon de poulailler, tu sais ce qu'il va te faire ? Arak, regarde un peu ça !

Dante, secouant péniblement ses chaînes, tenta d'intervenir et prononça de sa voix faible :

– Il faut la tuer sur l'autel. Par terre, ça ne comptera pas. C'est le Rituel.

Le Renard sembla réfléchir.

– Non ! Je vais la tuer comme cela, à même le lino. Rien ne m'en empêche ! Le Joyau est à moi ! À moi !

Ivre de rage, le Renard leva le bras pour une nouvelle tournée de kriss.

Un rayon de Ralbilbol le stoppa en plein élan. Bzoing ! Coup de théâtre ! Oliver avait déboulé dans la salle des fêtes et pressait dru son arme architronique. Le Renard, écroulé face contre terre, ne bougeait plus.

– Oliver ! C'est toi ?! cria Eugénia, illuminée.

– Eugénia ?! Ma chérie ! C'était moins une ! Attends-moi, j'arrive !

Et la fée dézingua, ralbilbolant sous les feux des grands lustres, moult affreux qu'elle mit en déroute. Derrière elle, Magritte appuyait comme un fou sur la gâchette. Eugénia, aux anges, applaudit en l'apercevant. Le flandrin lui rendit son salut, entre deux bordées de plombs. Le Verrat l'avait finalement délivré avant d'entrer dans la bouche de l'Elbrouz et, les cheveux encore collés par la gomina amnio, il avait foncé dans le trou avec les autres, empli du sentiment délectable d'avoir enfin retrouvé son intégrité. Pendant que le grand gothique expérimentait les effets et les causes de son Pompzejam, Robert et Gargou jouaient de la hache laser à plein régime. Un vrai carnage ! La foule se débinait dans des vociférations sinistres. En moins de deux, il ne resta plus rien dans la salle, qu'un tas de cendres fumantes. Geoffrey continuait à faire le mort.

Oliver, en sueur, courut enfin vers sa petite amiffe. La fée prit Eugénia dans ses bras et la souleva d'allégresse. Un tel bonheur, après tant de peine, était-ce concevable ? Elles n'y croyaient pas ! Elles trémulaient à l'unisson, se bécotaient, s'astiquaient les joues. C'était si doux, c'était si bon de se retrouver après tous ces tourments !

– J'aime bien ton nouveau visage, c'est plus toi, je trouve... Mais qu'as-tu fait de tes cheveux ? Pourquoi le Verrat est-il ici ?

– Il y aurait beaucoup à te raconter, petite !

Elles en étaient là dans leurs retrouvailles quand, tout à coup, la voix de Dante retentit :

– Attention, le Renard ! Il s'enfuit !

Dante pointait le fond de la salle de sa main disloquée. Le Verrat envoya illico une giclée de pruneaux, mais il était trop tard. Le Renard avait bondi sur le podium où reposait la tête de Clovis. Son kriss déjà portait le coup fatal. La lame s'enfonça, portant la mort. Eugénia hurla.

Toute la scène venait de basculer de nouveau dans le cauchemar absolu. Le Renard, d'un geste expert, dégagea le pommeau de son poignard des chairs meurtries de son propre fils et lança son arme, tel un javelot, sur Eugénia. Oliver chercha désespérément à parer, mais Geoffrey lui envoya au même moment un jet de paillettes vertes, aussi toxiques qu'un trait d'acide, que la fée reçut en plein visage. Le Verrat recula, horrifié. Oliver, aveuglée, poussa un cri de rage, en appelant son amie. Eugénia, elle, gisait dans une mare de sang.

*
* *

Le Joyau, dont le porteur se mourait, scintilla faiblement. Geoffrey, sans une seconde d'hésitation, l'arracha du cou moribond et l'enfila pour de bon.

– Je ne voulais pas en venir à cette extrémité aussi vite ! Vous m'y forcez. VOUS êtes responsables. Je suis maintenant le Porteur légal. Le sang de Phinée s'est éteint sous vos yeux. Mais mon mariage secret avec elle me garantit ma légitimité !

Pendant le discours du Renard, Oliver était tombée à genoux, les mains sur le visage, agrippées à sa plaie. Le Verrat et son frère semblaient aussi pétrifiés que pouvaient l'être deux créatures livrées à leur ennemi le plus redouté. La tache rouge de sang qui éclaboussait la poitrine d'Eugénia s'étalait à présent comme les rayons d'un soleil macabre. Le souffle ténu de la petite amiffe s'amenuisait de seconde en seconde. Elle morte, quelle lueur d'espoir leur resterait-il ?

*
* *

Dante, toujours enchaîné, tâchait d'attirer l'attention de Magritte. Il avait quelque chose d'important à lui dire, quelque chose qui pouvait encore changer la face des événements :

– Magritte, il faut que je te dise… tout à l'heure, avant d'être pris par les gardes…

Le flandrin se pencha aussi discrètement que possible vers l'adolescent. Celui-ci, plus mort que vif, dut prendre un peu de temps pour se reposer de son effort.

– Parle ! Vite !

L'urgence était telle que le grand vautour gothique griffait sans s'en rendre compte le bras du pauvre Dante.

– Avant d'être capturé, j'ai pu faire ouvrir à Eugénia son coffret…

– Quel coffret ?

– Le coffret laissé pour elle par les Heures… souffla Dante, épuisé.

– Guidon rhombique ! Qu'y avait-il à l'intérieur ?

Magritte dut attendre que le garçon à la tresse reprenne haleine.

– Rien… Juste une phrase… peut-être que toi tu sauras ce que ça veut dire.

– Dis toujours ! Vite !

– « Dans la poche d'une grande bique, tou trouveras la boulette fatidique. »

Radis creux ! Qu'est-ce que c'était que cette énigme ?! Magritte, consterné, jeta ses regards alentour. Aucune grande bique à l'horizon. Seulement la tache rouge autour du beau visage d'Eugénia et les yeux pailletés d'acide d'Oliver cherchant son chemin vers son amiffe. Un tableau d'épouvante. La panique s'insinua très rapidement, mettant ses nerfs au supplice. Dante, lui, luttait pour ne pas s'évanouir.

– Tou n'as rien dans tes poches, par hasard ? s'essaya-t-il, perclus de douleur et de plus en plus livide.

Le flandrin farfouilla sans conviction, la face agitée de tics nerveux.

– Enfin, j'ai bien ça, mais…

Et Magritte tendit la boulette bleue, celle qu'Eugénia lui avait confiée avant de partir en scooter, ce soir maudit, à Rome*. LA BOULETTE ! Celle qui faisait grandir ! Les garçons comprirent ensemble, synchrones comme deux coucous suisses, les implications de cette découverte. Si Eugénia en avalait une, non seulement elle échapperait à ses blessures par compression temporelle, mais elle se réveillerait majeure, vaccinée et surtout Porteuse légale !

Le Renard, de son côté, avait enclenché le Rituel de passation. Allongé sur l'autel flamboyant, il s'appliquait à lui-même les Onguents sacrés, s'aspergeait d'eau lustrale. Il restait peu de temps à Magritte et Dante pour mettre leur plan à exécution. Bientôt la Cérémonie serait entièrement consommée et il serait impossible de revenir en arrière. Il s'agissait de faire passer à la dérobée, de main en main, la boulette, jusqu'à la bouche d'Eugénia. Magritte interpella discrètement Robert, qui comprit en un clin d'œil ce qu'on attendait de lui. Restait le dernier relais, celui de Gargou. C'était lui qui se tenait le plus près du

* Voir *Eugénia et la bouche de la vérité*, chapitre 12, Week-end à Rome.

corps d'Eugénia. Et là, déjà, c'était moins gagné. La sueur se mit à ruisseler sur le front des pauvres combattants.

– Mauviette à beurre ! Mets la boulette dans la bouche d'Eugénia, gronda Robert, le plus bas qu'il put.

Gargou resta figé, les yeux ronds et les bras ballants. La boulette roulée dans sa paume dodue. Il avait horreur qu'on le presse, surtout quand il ne comprenait pas ce qu'on lui demandait.

Mais le Renard, qui avait l'ouïe fine de sa race, avait tout entendu. Il s'aperçut immédiatement de ce qui se passait derrière son dos. Il fonça, enragé comme un diable, vers le petit groupe assis au pied du trône.

– Dans la bouche ! Maintenant ! hurla Magritte.

Au dernier moment, alors que le Renard allait tomber sur lui à bras raccourcis et tous crocs dehors, le cochon fit un pas de côté et, délicatement, laissa tomber la boulette là où il fallait qu'elle tombe. Ploc.

Eugénia se mit immédiatement à convulser. La levure faisait un effet bœuf. Le Renard s'arrêta net. Le vent venait de tourner. Ses yeux reflétèrent une panique indescriptible. Il restait cinq minutes de latence à Eugénia avant d'avoir 19 ans et de devenir héritière officielle du Joyau. La chasse devait atteindre son hallali, maintenant ! Geoffrey s'élança. Oliver, toujours aveugle, faucha rudement Geoffrey d'un coup de botte au moment où il allait charger. La fée aussi avait l'ouïe particulièrement fine ! Le Renard, aplati, à moitié assommé, remua encore.

– Lâchez-moi, bande de pleutres, je suis encore le Porteur, je suis tabou ! Lâchez-moi !

– Tabou ? Certainement pas ! déclara Oliver, qui chevauchait son ennemi. Eugénia va se réveiller dans quelques secondes et tous tes pouvoirs te seront confisqués.

– RHAAA ! Je vous hais !

La voix grondait, monstrueuse.

– Tu es fini, Geoffrey. Tu vas bientôt rejoindre Arak sur les crochets où il continue de pourrir. Les Heures, de leur bains-tombeaux, te disent « Échec et mat ».

D'un coup de crosse de Ralbilbol, elle mit fin définitivement aux tressautements du Renard.

*

* *

Eugénia se releva dans un sursaut, 19 ans au compteur, bien sonnés. Sa blessure était miraculeusement suturée, et la jeune femme tâta sans y croire la trace invisible de sa plaie. La douleur elle-même avait disparu, mais restait comme une trace imperceptible, un secret voilé. Oliver, soutenue par Magritte, sourit faiblement. Sa petite amiffe était sauvée. Le monde humain était en voie de l'être. Sa mission la plus difficile venait de prendre fin. La fée demanda à s'asseoir, elle en avait besoin. Ses longues jambes bottées se replièrent sous elle, elle s'entoura elle-même de ses bras fins. Ainsi recroquevillée, Oliver prit le temps de goûter sa joie triste et, de ses yeux morts, laissa couler de lourdes larmes vertes.

Pendant ce temps, ratatiné par les coups de ses assaillants, le Renard avait pris l'aspect d'une flaque, d'une poche de poils, format sac en plastique. Le Joyau scintillait sur sa poitrine déconfite. Magritte s'en saisit avec la plus grande solennité :

– Porte-le, Eugénia, il te revient.

La salle illuminée refléta alors une scène d'une rare émotion. Eugénia prit le Joyau et l'accrocha autour de son cou. L'assemblée s'agenouilla pour honorer la nouvelle Porteuse. Que d'espérance dans ce petit visage fier ! La grotte s'illumina comme un palais de cristal.

Des habits aplatis de Geoffrey, un petit renard s'enfuit, sans demander son reste.

Exit le Renard. Pour toujours.

– Et pour mon père ? demanda gravement Eugénia.

Oliver se tourna vers elle, les yeux brûlés, le visage défait.

– Nous le recoudrons, je te le promets. Et puis nous lui ferons un enterrement de première classe.

Eugénia hocha la tête. Oliver se leva et la rejoignit au bras de Magritte.

– Allons-y, ma petite. La vie va reprendre son cours…

Eugénia, tremblante, s'avança vers la fée et toutes deux s'enlacèrent dans le flamboiement infini des grands miroirs réfléchissants.

Épilogue

La fée disait vrai. La vie avait repris son cours. Les plaies s'étaient refermées tant bien que mal. Le retour à la maison avait d'abord été joyeux, les retrouvailles avec la maman, puis avec les jumeaux, avaient donné lieu à des frottages de museau marathoniens. Eugénia revit bientôt sa chambre, sa petite chatte Élianne et les bancs du collège. Mélissandre et Didier avaient fini par lui avouer qu'ils sortaient ensemble, mais le cœur d'Eugénia ne s'était pas brisé. Le voile profond du deuil recouvrait tout plaisir, tout petit chagrin.

Rapidement, l'ampleur de sa tâche en tant que Porteuse du Printemps l'avait submergée. Il avait d'abord fallu recenser les fées survivantes. On avait retrouvé la trace des Flammen, dans une ferme polonaise. Diana et Papag travaillaient dans un cirque. Protée s'occupait des abeilles pour un apiculteur de la région. Chaque jour, par les Bouches, dégringolaient de nouveaux arrivants, qu'il fallait aider, nourrir, instruire. Pour assister Eugénia, Oliver, Magritte et les *daemons* avaient ouvert une station-service à Pézenas. L'arrière-boutique servait de QG boulotronique. La lutte contre le Verrat continuait, sans conviction. Le Roi-Cochon s'était reconverti dans la finance et les affaires marchaient bien. Gargou passait voir ses amies fées, à l'occasion, quand il avait besoin d'un plein pour sa brouette. Au fond, la guerre froide avait cessé. Le temps des haines féroces était révolu.

Oliver n'avait jamais recouvré la vue, mais elle s'en accommodait plutôt bien. Elle portait de magnifiques lunettes noires ainsi qu'une perruque rousse flamboyante. Son visage, pourtant sevré de Parcifex, avait de nouveau une beauté pure, sereine, qui ne devait rien à la chimie. Magritte, éberlué d'amour, lui servait de canne.

Dante continuait de vivre avec Lupa, au-dessus du volcan. Il écrivait à Eugénia des lettres douces et belles, auxquelles la jeune fille ne répondait jamais. Elle se contentait de les serrer contre son cœur, en attendant la suivante. Elle était devenue taboue et c'était un fardeau plus lourd à porter que tous les autres.

Les plaies s'étaient refermées, certes, mais une tristesse de plomb creusait encore tous les visages. Chacun faisait semblant, mais la souffrance était au cœur de tous les gestes.

*
* *

Quand Eugénia, ce jour-là, s'avança vers la tombe de son père, elle savait qu'il lui fallait prononcer un discours qui rendrait leur âme aux endeuillés. Il y avait là tous ses amis, fées et humains, rassemblés sur les bancs de marbre du funébrarium féerique. Oliver était assise, très grave, les jambes croisées, à côté de Magritte. Agnès, Didier, Mélissandre et les jumeaux se tenaient dans un coin, Lupa et Dante, la tresse noire lissée et le visage noble, dans un autre. Philémon et Gayanée clignotaient au-dessus d'eux. Pepe, Diana, Papag et les Flammen formaient l'assistance des arrière-bancs.

Eugénia posa les fleurs sur la dalle du tombeau, de beaux œillets rouges que la maman avait cueillis le matin même. Elle prit la parole, la voix chevrotante :

– Nous sommes ici pour honorer la mémoire de mon père, mort sous les coups du Renard, il y a deux ans maintenant. Peu de gens parmi vous l'ont vraiment connu. Il était grand, fort. C'était un papa formidable. Un jour, il a cédé à l'appel du Mal. Il est parti de son foyer, il a quitté sa famille. Sans doute les sortilèges de l'Ennemi ne furent-ils pas étrangers à son départ. Peu importent les raisons. Le voici dans la tombe à présent. Notre amour l'accompagne, où qu'il soit.

Eugénia marqua un silence et essuya une larme qui coulait sur sa joue.

– Ce Mal nous a entaillés à notre tour, et nous sommes ici, soudés, en souvenir de ces instants, terribles entre tous, où le monde a basculé et où la Mort a fait son chemin dans nos vies. Aujourd'hui, notre tristesse est immense. Notre vitalité est entamée. Mais notre amitié demeure. Elle a soulevé des montagnes. Nous sommes devenus des Justes, des Veilleurs. Le temps est venu de retourner à la vie. Il nous faut à présent soutenir un combat d'un autre ordre. Il nous faut porter la foi et le courage sur cette Terre, notre Terre. Les jours sombres qui nous ont menés jusqu'à cette tombe doivent dissiper leurs nuées. Aujourd'hui, je l'annonce en tant que Porteuse du Joyau. Le temps du deuil est terminé.

Eugénia revint à sa place. Le chant d'une grive

s'éleva au loin. Oliver sécha ses larmes et saisit la main de son amie. Elle était heureuse, la fée, et elle serra plus fort la petite menotte, si courageuse.